Marguerite Duras

INDIA SONG

Brinkmann & Bose

I

BEMERKUNGEN ZU DEN STIMMEN 1 UND 2

Die Stimmen 1 und 2 sind *Frauen*stimmen: Diese Stimmen sind jung.
Sie stehen durch eine Liebesgeschichte miteinander in Verbindung.
Manchmal sprechen sie von dieser ihrer Liebe. Die meiste Zeit sprechen sie von der anderen Liebe, von der anderen Geschichte. Aber diese andere Geschichte führt uns zu der ihrigen zurück. Ebenso wie die ihrige zu der von *India Song* zurückführt.
Im Gegensatz zu den Männerstimmen, den Stimmen 3 und 4 – die erst gegen Ende der Geschichte dazwischentreten – grenzen die Stimmen dieser Frauen an Wahnsinn. Sie sind von verderbenbringendem Wohlklang. Die Erinnerung, die sie an die Liebesgeschichte haben, ist alogisch, anarchisch. Sie sprechen zumeist im Wahn. Ihr Wahnsinn

ist gleichzeitig ruhig und lodernd. Die Stimme 1 entzündet sich an der Geschichte Anne-Marie Stretters. Und die Stimme 2 entzündet sich an ihrer Leidenschaft für die Stimme 1.

Man sollte sie immer mit größter Klarheit hören, aber in Tonlagen, die sich je nach ihren Aussagen unterscheiden. So sollten sie, wenn sie zu ihrer eigenen Geschichte kommen, am eindringlichsten sein. Was darauf hinausläuft, daß sie es fast immer dann sind, sobald die Geschichte von *India Song* sich in beständigem Gleiten der ihren zugesellt. Aber ein Unterschied sollte dennoch bestehen:

Wenn sie von der Geschichte sprechen, die wir ablaufen sehen, werden sie diese zur gleichen Zeit, also auch mit der gleichen Furcht, und, wer weiß, mit der gleichen Gemütsbewegung wie wir wiederentdecken;

aber wenn sie von ihrer Geschichte sprechen werden – und dies stets mit einem Aufflackern der Begierde – sollten wir den Unterschied spüren, der zwischen ihrer wechselseitigen Leidenschaft besteht. Und vor allem sollten wir das Entsetzen der Stimme 2 über den unablässigen Taumel der Stimme 1 angesichts der heraufbeschworenen Geschichte teilen. Es geht um die Gefahr, der die Stimme 1 ausgesetzt ist, sich in der wiederaufgerollten legendären Geschichte von *India Song:* diesem MODELL zu ›verlieren‹. Und ihr eigenes Leben AUFZUGEBEN.

Niemals schreien die Stimmen. Sie sollen von beständigem Wohlklang sein.

SCHWARZ

Am Klavier langsam eine Melodie aus der Zeit zwischen den beiden Kriegen. Sie heißt *India Song*.
Sie wird ganz gespielt und füllt somit die – stets lange – Zeit aus, die der Zuschauer, der Leser braucht, um den Alltagsort, an dem er sich befindet, wenn das Schauspiel, die Lektüre beginnt, zu verlassen.
Noch immer *India Song*.
Noch immer.
Jetzt endet *India Song*.
Beginnt abermals. Von weiter her als das erste Mal, als wenn es ›fern‹ von dem gegenwärtigen Ort gespielt würde.
India Song wird diesmal in seinem gewöhnlichen Blues-Rhythmus gespielt.
Das Schwarz beginnt sich aufzuhellen.

Während das Schwarz sich sehr langsam aufhellt, plötzlich: Stimmen. Andere als wir betrachteten, hörten das, was nur wir allein zu betrachten, zu hören glaubten. Es sind Frauen. Die Stimmen sind langsam, wohlklingend. Sehr nah, gleich uns eingeschlossen in diesem Ort: und unberührbar, unzugänglich.
(*Es hören und sprechen:* Stimme eins und die zweite Stimme.)

STIMME 1

Er ist ihr nach Indien gefolgt.

STIMME 2

Ja.

Es vergeht Zeit.

STIMME 2

Für sie hatte er alles verlassen.
In einer Nacht.

STIMME 1

Der Ballnacht . . .?

STIMME 2

Ja.

Das Licht nimmt ständig zu. Ständig *India Song*. Die Stimmen schweigen lange Zeit. Dann setzen sie wieder ein:

STIMME 1

War sie es, die Klavier spielte?

STIMME 2 *(zögert)*

Ja . . . aber auch er . . .
Er war es, der am Abend manchmal dieses Lied von S. Thala spielte . . .

Stillschweigen.

Es ist eine Wohnstätte der Inder. Geräumig. Wohnstättte von ›Weißen‹. Sofas. Lehnsessel. Möbel aus der Epoche von *India Song*.
Ein Ventilator dreht sich an der Decke, aber mit der Langsamkeit eines Alptraums.
Tüllnetze an den Fenstern, hinter den Netzen Alleen eines tropischen Parks. Lorbeerrosenbüsche, Palmbäume.
Vollkommene Reglosigkeit. Kein Windhauch im Park. Im Innern dichter Schatten. Ist es Abend? Man weiß nicht.
Raum. Vorgetäuschte Vergoldungen. Ein Klavier. Ausgelöschte Leuchter. Zimmerpflanzen. Nichts rührt sich, nur dieser Ventilator von alptraumhafter ›Künstlichkeit‹.
Die Langsamkeit der Stimmen entspricht dem sehr langsamen Zunehmen des Lichtes, ihr Wohlklang der bestechenden Ausstattung.

STIMME 1 *(wie abgelesen)*

›Michael Richardson war mit einem jungen Mädchen aus S. Thala verlobt. Lola Valerie Stein. Die Hochzeit sollte im Herbst stattfinden.
Dann kam dieser Ball.
Dieser Ball von S. Thala . . .‹

Stillschweigen.

STIMME 2

Sie ist spät auf diesen Ball gekommen . . . um Mitternacht . . .

STIMME 1

Ja . . . *schwarzgekleidet* . . .

NICHTS ALS LIEBE AUF DIESEM BALL . . .

NICHTS ALS BEGEHREN . . .

Stillschweigen.

Mit dem zunehmenden Licht entdeckt man – inmitten der Kolonialausstattung – Anwesende. *Es sind Leute da.*

Sie befinden sich – entweder hinter Reihen von Grünpflanzen – oder einem feinen Netz – oder auch einem durchsichtigen Store – (oder den Rauchschwaden, die aus einer Räucherpfanne aufsteigen) – und die die Sicht in die andere Hälfte des ausgekundschafteten Raumes beeinträchtigen.

Auf einem Diwan ausgestreckt liegt eine sehr dünne, fast magere, SCHWARZGEKLEIDETE Frau.

Sehr nahe bei ihr sitzt ein gleichfalls schwarzgekleideter Mann.

Abgesondert von den LIEBENDEN ein anderer, ebenfalls schwarzgekleideter Mann. (Einer der beiden raucht eine Zigarette, hat man daraus auf Anwesende schließen können?)

DIE STIMME EINS entdeckt – *nach uns* – die Anwesenheit der schwarzgekleideten Frau.

STIMME 1 *(Beklemmung, sehr leise)*

Anne-Marie Stretter . . .

Die ZWEITE STIMME hat nicht hingehört, würde man sagen.

STIMME 2 *(leise)*

Wie blaß Sie sind . . . wovor haben
Sie Angst . . .?

Keine Antwort.
Schweigen.

Die drei Personen scheinen wie von Todesstarre berührt. *India Song* hat aufgehört.

Die Stimmen senken sich, passen sich an die Todesatmosphäre des Ortes an.

STIMME 2

NACH IHREM TOD ist er nach Indien gegangen . . .

Schweigen.

Der Satz wurde ohne Unterbrechung, wie langsam rezitiert, gesprochen.
Die schwarzgekleidete Frau vor uns ist also tot.
Das Licht ist starr geworden, matt.
Schweigen ringsum.
Nah und fern.
Die Stimmen sind schmerzerfüllt, ihre zerstörte Erinnerung kehrt zurück, aber ihr Wohlklang bleibt sich gleich.

STIMME 2

Ihr Grab liegt auf dem englischen Friedhof . . .

Zeit.

STIMME 1

. . . da unten gestorben?

STIMME 2

Auf den Inseln. *(Zögern.)* Tot aufgefunden.
Eines Nachts.

Schweigen.

Von neuem *India Song*, langsam, fern.
Man sieht die Bewegung, den Anfang der Bewegung nicht gleich: Sie beginnt ganz genau mit dem ersten Ton von *India Song*.
Die schwarzgekleidete Frau und der Mann, der neben ihr sitzt, rühren sich. Sie kommen also aus dem Tod heraus.
Ihre Schritte verursachen kein Geräusch.
Sie haben sich erhoben.
Sie haben sich einander genähert.
Was tun sie?

Sie tanzen.
Sie tanzen. Wir bemerken es erst, wenn sie schon tanzen.
Sie tanzen langsam, tanzen.
Wenn die STIMME EINS spricht, tanzen sie bereits einen Augenblick.
Die STIMME EINS erinnert sich nach und nach.

STIMME 1

Die französische Botschaft in Indien ...

STIMME 2

Ja.

Zeit.

STIMME 1

Dieser Lärm, der Ganges ...?

STIMME 2

Ja.

Zeit.

STIMME 1

Dieses Licht?

STIMME 2

Der Monsun.

STIMME 1

... kein Windhauch ...

STIMME 2 *(fährt fort)*

... er wird über Bengalen losbrechen ...

STIMME 1

... dieser Staub ...?

STIMME 2

Zentrum von Kalkutta.

Schweigen.

STIMME 1

Riecht es hier nicht nach Blumen . . .?

STIMME 2

DIE LEPRA.

Schweigen.

Sie tanzen fortwährend nach der Melodie von *India Song*.
Sie tanzen. Das wird GESAGT.
(Als wenn die Sache nicht ganz sicher wäre. Und damit das Bild und die ›Stimmen‹ zusammenfallen, damit sie sich BERÜHREN.)

STIMME 2

Sie tanzen.

Schweigen.

Am Abend tanzten sie.

Schweigen.

Sie tanzen.
Sie nähern sich einander im Tanz, bis sie eins werden.
India Song entfernt sich.
Im Tanz miteinander verschmolzen, fast reglos.
Dann reglos.

STIMME 2

Worüber weinen Sie?

Keine Antwort.
Schweigen.

Keine Musik mehr.
In der Ferne Lärm. Der dann vorübergeht. Andere Geräusche.
Immer noch reglos in dem von Lärm umzingelten Schweigen.
Aneinandergeheftet. Stehengeblieben.

Lange Zeit.
Über das aneinandergeheftete Paar hinweg:

STIMME 2

ICH LIEBE SIE BIS ZUM ERBLINDEN
ZUM ERTAUBEN
STERBEN . . .

Keine Antwort.
Schweigen.

India Song kehrt aus weiter Ferne zurück. Langsam löst sich das Paar voneinander, gewinnt wieder Leben.
Hinter der Musik kommt Lärm auf: der Lärm von Kalkutta: starker Lärm, stärker. Ringsum: verschiedenartige Geräusche: in regelmäßigen Abständen Marktgeschrei. Hunde. Entfernte Zurufe.
In dem Maße, in dem der äußere Lärm sich verstärkt, bedeckt sich der Himmel in den Alleen des Parks. Bleiernes Licht. Kein Windhauch.

Schweigen.

Das Paar sondert sich ab, wendet sich zum Park hin. Betrachtet den Park, reglos.
Der zweite sitzende Mann beginnt gleichfalls den Park zu betrachten.
Das Licht wird noch bleifarbener.
Der Lärm von Kalkutta wird schwächer.
Erwartung.
Weiterhin Erwartung. Es ist fast schwarz.
Plötzlich endet das Warten:
Das Geräusch des Regens.
Befriedigendes, frisches Geräusch.

Es regnet auf Bengalen.
Man sieht den Regen nicht. Er wird nur gehört.
Als ob es überall regnete, nur nicht in diesem dem Leben entzogenen Park.
Alle betrachten das Geräusch des Regens.

STIMME 2 *(mühsam)*

Es regnet auf Bengalen ...

STIMME 1

Ein Ozean ...

Schweigen.

Aus der Ferne Freudenschreie in dieser unbekannten Sprache: das Hindustanische.
Das Licht kommt nach und nach wieder.
Der Regen, das Geräusch, sehr stark während einiger Sekunden.
Es wird schwächer. Deutlicher durchdringen die vereinzelten Schreie und das Lachen das Geräusch des Regens.
Das Licht nimmt ständig zu.
Plötzlich deutlichere, nähere Schreie einer Frau.
Gelächter derselben Frau.

STIMME 1

Es schreit jemand ... eine Frau ...

STIMME 2

Was?

STIMME 1

Zusammenhanglose Worte.
Sie lacht.

STIMME 2

Eine Bettlerin.

Zeit.

STIMME 1

Verrückt?

STIMME 2

So ist es . . .

In den Alleen des Parks Sonne nach dem Regen. Sich bewegende Sonne. Flecken grauen, fahlen Lichtes.
Ständig Geschrei und Gelächter der Bettlerin.

STIMME 1

Ah ja . . . ich erinnere mich. Sie hält sich an den Flußufern auf . . . sie kommt aus Birma . . .?

STIMME 2

Ja.

Während die Stimmen von der Bettlerin reden, rühren sich die drei Personen, verlassen den Raum durch die Seitentüren.

STIMME 2

Sie ist keine Inderin.
Sie kommt aus Savannakhet.
Dort unten geboren.

STIMME 1

Ah ja . . . ja . . .
Eines Tages . . . sie wandert schon seit zehn Jahren, liegt vor ihr der Ganges . . .?

STIMME 2

Ja.
Sie bleibt.

STIMME 1

So ist es . . .

Die drei Personen sind verschwunden. Der Raum ist leer.

In der Ferne Gerede, fast schon Geschrei in einer wohllautenden Sprache: dem Laotischen.

STIMME 1 *(Zeit)*

Zwölf Kinder gestorben, während sie nach Bengalen wanderte . . .?

STIMME 2

Ja. Sie läßt sie im Stich. Verkauft sie. Vergißt sie. *(Zeit.)* Auf dem Weg nach Bengalen wird sie unfruchtbar.

Die drei Personen langen im Park an, spazieren mit langsamen Schritten in der Frische, die dem Regen folgt, suchen die Sonnenflecken auf. In der Ferne immer noch das kreischende Gerede der Bettlerin. In dem Gerede plötzlich das Wort: Savannakhet.

Jähes Verstummen der Stimmen. Dann Wiederbeginn:

STIMME 1

Savannakhet, Laos?

STIMME 2

Ja. *(Zeit.)* Siebzehn Jahre . . . sie ist schwanger, sie ist siebzehn Jahre alt . . . *(Zeit.)*
Sie wird von ihrer Mutter davongejagt, sie geht.
(Zeit.) Sie bittet um einen Hinweis, um sich dann doch zugrunde zu richten.
Niemand weiß.

STIMME 1 *(Zeit)*

Ja.
Eines Tages – seit siebzehn Jahren ist sie auf der Wanderschaft – eines Tages liegt Kalkutta vor ihr.
Sie bleibt.

Schweigen.

STIMME 2

Sie ist da am Ufer des Ganges, unter den Bäumen, sie hat vergessen.

Schweigen.

Die drei Personen verlassen den Park.
Bewegungen des Lichtes – des Monsuns – in dem verödeten Park.
Von ferne Gesang der Bettlerin – ›Gesang von Savannakhet‹ genannt.
(Die ZWEITE STIMME *informiert ruhig, sanft.)*

STIMME 2

Wissen Sie, die Leprakranken platzen auf wie Staubsäcke.

STIMME 1

Leiden nicht?

STIMME 2

Nein. Nichts.
Sie lachen. *Schweigen.*

Schweigen. Die Stimmen verstummen.
Ein bislang sehr dunkler, wie vom Licht vernachlässigter Ort, weit hinten im Park wird allmählich sichtbar. Er wird mit äußerster, aber regelmäßiger, mathematischer Langsamkeit freigelegt.
Fern Gesang von Savannakhet – der näher und wieder ferner rückt.
Weit weg Kalkuttas Getöse.

GITTER VON TENNISPLÄTZEN TAUCHEN AUF AUS DEM SCHWARZ.

GEGEN DIE GITTER EIN DAMENFAHRRAD – VON ROTER FARBE.

VOLLKOMMENE ÖDNIS.

Die Stimmen erkennen diese sie erschreckenden Dinge wieder:

STIMME 1 *(dumpfer Angstschrei)*

Die Tennisplätze verödet . . .

STIMME 2 *(wie oben)*

. . . Das rote Fahrrad der Anne-Marie Stretter . . .

Schweigen.

Ein Mann hat den Park betreten. Groß, mager, WEISSGEKLEIDET. Er geht langsam. Seine Schritte sind lautlos.

Er betrachtet die allgemeine Reglosigkeit um sich her. Lange Zeit. Versucht einen Blick in das Haus zu werfen: niemand in diesem Haus. Und dann betrachtet er was? Man weiß es zunächst nicht.

Dann wird es deutlicher: er betrachtet das rote Fahrrad Anne-Marie Stretters an der Längsseite der verödeten Tennisplätze.

Nähert sich dem Fahrrad. Bleibt stehen. Zögert. Nähert sich nicht weiter, starrt es an.

(Die Stimmen sind leise, verängstigt.)

STIMME 2

. . . kommt jede Nacht . . .

Zeit.

STIMME 1

Der französische Vizekonsul in Lahore . . .

STIMME 2

Ja.

. . . unliebsam in Kalkutta . . .

Schweigen.

Langsam setzt sich der Mann in Weiß in Bewegung. Er geht. Er folgt einer Allee. Er entfernt sich.
Verschwindet.
Nach seinem Verschwinden bleibt alles in der Schwebe.
Schweigen. Angst.
Der Gesang von Savannakhet in der Ferne, unschuldig.
Dann ZWEI SCHÜSSE.
Der erste Schuß läßt das Licht schwächer werden.
Der zweite Schuß bringt es zum Erlöschen.

Schweigen.

SCHWARZ

Der Gesang von Savannakhet hat mit den Schüssen aufgehört. So als habe man auf den Gesang von Savannakhet geschossen.

Schweigen.

SCHWARZ

Die Stimmen sind sehr leise, erschreckt.

STIMME 2

Man hat geschossen unter den Bäumen ... am Ufer des Ganges ...

Schweigen.

STIMME 1

War das ein Gesang aus Savannakhet ...?

STIMME 2

Ja.

Schweigen.

In einer streng symmetrischen Gegenbewegung bekommt das Licht mit einem Mal wieder die Stärke, die es hatte, bevor der erste Schuß es schwächer werden ließ.
Dies wird das Licht der Nacht sein.
Die Nacht ist gekommen.
Der Ort, die Bühne bleibt immer leer?
Einzige Bewegung: die des alptraumhaften Ventilators.
Zeit streift über die leere Stätte.

Schweigen.

Ein Hindu-Diener in Weiß geht vorbei, er durchquert die Salons der französischen Botschaft.
Er ist vorbeigegangen. Von neuem Leere.
In großer Ferne ertönt wieder der Gesang aus Savannakhet: die Bettlerin ist nicht getötet worden.
Die Stimmen bleiben leise, verängstigt.

STIMME 1

... ist nicht tot ...

STIMME 2

Kann nicht sterben.

STIMME 1 *(mit Mühe)*

Nein ...

Schweigen.

STIMME 2

Sie müssen wissen ... sie jagt des nachts in den Löchern am Ganges. Ernährt sich ...

Keine Antwort.
Schweigen.

STIMME 1

Wo ist die schwarzgekleidete Frau?

STIMME 2

Geht spazieren. Jeden Abend.
Sie kommt bei Anbruch der Nacht zurück.

Schweigen.

Ein Diener tritt ein, zündet in einer Ecke des Raumes eine sehr schwache Lampe an. Verrichtet dies und jenes.
Entfernt sich (bleibt jedoch sichtbar).
Kommt zurück.
Öffnet ein Fenster.
Vielleicht zündet er Räucherstäbchen gegen die Moskitos an (in diesem Falle müßte der Geruch in den Zuschauerraum dringen).
Leert Aschenbecher.

STIMME 2

Sie kommt zurück.
Der schwarze Lancia der Botschaft ist gerade in den Park gefahren.

Schweigen.

Der Diener geht wieder hinaus.
Der Ort bleibt noch einige Sekunden leer, dann tritt die schwarzgekleidete Frau in die Dunkelheit des Saales ein.
Sie ist barfuß. Ihre Haare sind aufgelöst. Sie trägt einen kurzen weiten Morgenrock aus schwarzer Baumwolle.
Die Szene ist sehr langsam, zieht sich hin.
Langsam läßt sie sich unter dem alptraumhaften Ventilator nieder. Bleibt da.
Nimmt ihre Haare, entfernt sie mit ermüdeter Gebärde von ihrem Körper – jemand, der vor Hitze erstickt. Dann läßt sie die Arme schlaff am Körper herunterfallen.

Im Auseinanderklaffen des Morgenrocks das Weiß des nackten Körpers.
Sie verharrt reglos. Kopf zurückgelehnt. Schnappt nach Luft. Erstickt. Sucht sich der Hitze zu entziehen.
Bestechende Anmut des mageren, fragilen Körpers.
So aufrecht stehend, verharrt sie preisgegeben. Preisgegeben den ›Stimmen‹.
(Die Stimmen sind langsam, dumpf, Beute des Begehrens – durch diesen reglosen Körper hindurch.)

STIMME 2 *(gedämpfter Aufschwung)*

Wie schön Sie sind in *weißen Kleidern* . . .

Zeit.

STIMME 1

Ein Besuch, den ich der Frau vom Ganges abstatten wollte . . .

Aufgeschobene Zeit.

STIMME 1

. . . der Weißen . . .

STIMME 2 *(Zeit)*

. . . Jener, die . . .

Stockt

STIMME 1

Eben jener . . .

STIMME 2

. . . auf den Inseln gestorben . . .

STIMME 1

Ihre Augen tot, gebrochen vom Licht.

STIMME 2

Ja.
Unter dem Stein, da unten.

Ringsherum eine Windung des Ganges.

Schweigen.

Immer noch vor uns reglos die Tote vom Ganges.
Die Stimmen sind ein sehr leiser Gesang, der ihren Tod nicht aufstört.
Offensichtlich ändert sich nichts, nichts ereignet sich. Dennoch geht Angst um.

STIMME 1 *(erschreckt, leise)*

Was gibt es?

Keine Antwort.

STIMME 1 *(wie oben)*

Wieviel Uhr ist es?

STIMME 2 *(Zeit)*

Vier Uhr.
Schwarze Nacht.

Zeit.

STIMME 1

Es schläft niemand?

STIMME 2

Niemand.

Schweigen.

Tränen auf dem Gesicht der Frau.
Die Gesichtszüge bleiben unverändert.
Sie weint. Ohne Leiden.
Beständiges Weinen.
Die Stimmen sprechen von der Hitze, die Stimmen sprechen vom Begehren – als seien sie aus dem tränenüberströmten Körper hervorgegangen.

STIMME 1

Welche Hitze

UNMÖGLICH

SCHRECKLICH

Zeit.

STIMME 2

Ein weiteres Gewitter . . .
Es zieht auf Bengalen zu . . .

STIMME 1 *(Zeit)*

Es kommt von den Inseln . . .

STIMME 2 *(Zeit)*

Von den Mündungen.
Unerschöpflich . . .

Schweigen.

STIMME 1

Was hört man denn da?

STIMME 2 *(Zeit)*

Sie, sie weint.

Zeit.

STIMME 1

Leidet nicht, nicht wahr . . .?

STIMME 2

Nicht mehr.
Eine Lepra des Herzens.

Schweigen.

STIMME 1

Hält es nicht aus . . .?

STIMME 1

Nein.
Hält's nicht aus.
Hält Indien nicht aus.

Schweigen.

Durch die linke Tür des Raumes tritt ein ebenfalls mit schwarzem Morgenrock bekleideter Mann herein.
Stehengeblieben betrachtet er sie.
Dann geht er langsam auf sie zu, die in ihren Tränen erstarrt unter dem Ventilator eingeschlafen ist.
Stehende Schläferin: er betrachtet sie. Nähert sich ihr.
Läßt ganz leicht seine zu einer Zärtlichkeit ausgestreckte Hand über ihr Gesicht gleiten. Zieht seine Hand zurück, betrachtet seine Hand: sie ist vom Wasser der Tränen benetzt.

STIMME 2 *(sehr leise)*

Sie schläft.

Mit unendlicher Behutsamkeit umfaßt der Mann die Frau, die weint, er hebt sie hoch und legt sie der Länge nach auf die Erde.
Es ist der Mann, den wir schon gesehen haben – jener, mit dem sie auf dem Ball von S. Thala tanzte: Michael Richardson.
Er setzt sich neben den ausgestreckten Körper.
Betrachtet ihn.
Deckt diesen Körper auf, um ihn der – künstlichen – Frische, die vom Ventilator kommt, teilhaft werden zu lassen.
Streichelt die Stirn. Trocknet die Tränen, den Schweiß. Streichelt den eingeschlafenen Körper.
Nähert sich nicht. Verharrt und überwacht den Schlaf.
Die ›Stimmen‹ verlangsamen sich den Gesten des Mannes entsprechend, sie nehmen in einem Klagelied die in der Haupterzählung verwobenen Themen wieder auf.

STIMME 1

Er liebte sie mehr als alles auf der Welt.

STIMME 2 *(Zeit)*

Mehr noch . . .

Schweigen.

Die ZWEITE STIMME hat wie von ihrer eigenen Liebe gesprochen.

STIMME 1

Wo war das junge Mädchen aus S. Thala?

Keine Antwort.

STIMME 1 *(wie vorgelesen)*

›Hinter den Grünpflanzen der Bar, sie betrachtet die beiden. *(Zeit.)* Erst in der Morgendämmerung . . . *(stockt)* als die Liebenden auf die Türen des Ballsaals zugingen, stieß Lola Valerie Stein einen Schrei aus.‹

Schweigen.

In der Ferne in regelmäßigen Abständen Rufe auf hindustanisch.
Dann Marktgeschrei.
Das hört auf.
Ruhe.

STIMME 2

Um vier Uhr früh kommt manchmal der Schlaf.

Schweigen.

Der Liebende stets dicht bei dem eingeschlafenen Körper.
Betrachtet ihn.
Ergreift die Hände der Frau, berührt sie. Betrachtet sie.
Die Hände fallen tot zurück.

Schweigen.

STIMME 1

Hat sie das junge Mädchen aus S. Thala niemals geheilt?

STIMME 2

Niemals.

STIMME 1

Haben die beiden sie nicht schreien gehört?

STIMME 2

Nein.
Hörten nichts mehr.
Sahen nichts mehr.

Zeit.

STIMME 1 *(Zeit)*

Haben sie im Stich gelassen? *(Zeit.)* Getötet?

STIMME 2

Ja.

Zeit.

STIMME 1

Dieses Verbrechen hinter sich . . .?

STIMME 2 *(mit Mühe)*

Ja.

Schweigen.

STIMME 1

Was wollte das junge Mädchen aus S. Thala?

STIMME 2

IHNEN FOLGEN
SIE SEHEN
DIE LIEBENDEN VOM GANGES: SIE SEHEN.

Schweigen.

Genau das tun wir: SEHEN.

Langsam streckt der Mann sich neben dem eingeschlafenen Körper aus.
Die Hand fährt fort, das Gesicht, den Körper zu streicheln.
Weit weg entfernte Geräusche von Rudern, von aufgewühltem Wasser. Dann sich entfernendes Lachen, Zitherklang.
Es hört auf.

STIMME 2

Hören Sie ...
Fischer vom Ganges ...
Musikanten ...

Wieder Schweigen.
Die Stimmen sprechen abermals von der Hitze, die Stimmen sprechen von ihrem Begehren.

STIMME 2 *(sehr langsam)*

WAS FÜR EINE NACHT
WELCHE HITZE
GANZ UND GAR TÖDLICH

Schweigen.

Klare, unerbittliche, erschreckende Stimme:

STIMME 2

ICH LIEBE SIE MIT ABSOLUTEM BEGEHREN.

Keine Antwort.
Schweigen.

Die Hand Michael Richardsons – des Liebenden – hört im gleichen Augenblick auf, den Körper zu streicheln, ganz so, als hätte der letzte Satz der zweiten Stimme sie zum Halten gebracht.
Sie bleibt auf dem Körper liegen.

Schweigen.

Ein zweiter Mann betritt den Raum. Er verharrt einen Augenblick an der Tür, betrachtet die Liebenden.

Die Hand Michael Richardsons bewegt sich von neuem, streichelt den entblößten Körper.

Der Mann geht auf die beiden zu.

Er setzt sich, ebenso wie der Liebende, neben sie.

Die Hand des Liebenden streichelt langsamer.

Dann hält sie inne.

Der Neuankömmling streichelt den Körper der Frau nicht;

er streckt sich seinerseits der Länge nach aus.

Die drei verharren reglos unter dem Ventilator.

Schweigen.

Der Regen.

Ein weiteres Gewitter geht auf Bengalen nieder.

Geräusch des Regens dringt auf den Schlaf ein.

Die Stimmen sind wie frischer Atem, sehr sanftes Gemurmel.

STIMME 1

... der Regen ...

STIMME 2

... ja ...

Zeit.

STIMME 1

... die Frische ...

Schweigen.

Der Himmel klärt sich auf, bleibt aber nächtlich.

Ganz allmählich Musik: die *14. Variation* von Beethoven über ein Thema von Diabelli. Klavier, sehr fern.

Der Regen wird schwächer.

Ein weißes Licht ersetzt ihn, Mondflecken in den Alleen des Parkes.

Kein Windhauch.

Die drei Körper, die die Augen geschlossen haben, schlafen.

Die einfallenden Stimmen singen mit äußerstem Wohlklang die Legende der Anne-Marie Stretter. Sehr langsamer Bericht, aus den Trümmern des Gedächtnisses gemachte Melope, in deren Verlauf manchmal ein vom Vergessen nicht beeinträchtigter Satz auftauchen wird.

STIMME 1

Aus Venedig.
Sie war aus Venedig . . .

STIMME 2

Ja. Die Musik, das war in Venedig.
Eine Hoffnung der Musikwelt . . .

STIMME 1 *(Zeit)*

Hat niemals aufgehört zu spielen?

STIMME 2

Niemals.

Schweigen.

STIMME 1 *(sehr langsam)*

Anna Maria Guardi . . .

STIMME 2

Ja.

Schweigen.

STIMME 1

Die erste Ehe, die erste Anstellung . . .?

STIMME 2

Savannakhet, Laos.
Verheiratet mit einem französischen Kolonialverwalter.
Sie ist achtzehn Jahre alt.

STIMME 1 *(erinnert sich)*

Ah ja . . . ein Fluß . . .
. . . sie sitzt an einem Fluß.
Schon . . .
Sie betrachtet ihn.

STIMME 2

Der Mekong.

STIMME 1 *(Zeit)*

Sie schweigt?
Weint?

STIMME 2

Ja. Man sagt: ›Sie wird sich nicht akklimatisieren, man wird sie nach Europa zurückschicken müssen.‹

Zeit.

STIMME 1

Hielt es nicht aus. Schon.

STIMME 2

Schon.

Schweigen.

STIMME 1 *(visionär)*

Diese Gitter um sie herum?

STIMME 2

Der Park der Generalverwaltung.

STIMME 1 *(wie oben)*

Diese Wachen?

STIMME 2

Offiziell.

STIMME 1

Schon . . .

STIMME 2

Ja.

STIMME 1

Schon, hielt es nicht aus.

STIMME 2

Nein.

Schweigen.

STIMME 2

Eines Tages hält eine Schaluppe vom Ministerium. Monsieur Stretter inspiziert die Amtsstellen am Mekong.

STIMME 1 *(Zeit)*

Er holt sie fort aus Savannakhet?

STIMME 2

Ja. Nimmt sie mit.
Nimmt sie siebzehn Jahre lang in die asiatischen Hauptstädte mit.

Zeit.

STIMME 2

Man findet sie in Peking.
Und dann in Mandalay.
In Bangkok.
Man findet sie in Bangkok.
In Rangun. In Sidney.
Man findet sie in Lahore.
Siebzehn Jahre.

Man findet sie in Kalkutta.
Kalkutta:
Sie stirbt.

Schweigen.

Der große und magere, weißgekleidete Mann betritt den Park.
Die Stimmen haben ihn nicht gesehen.
Er bleibt stehen. Betrachtet durch die Netze der Fenster hindurch die drei eingeschlafenen Körper.

STIMME 1

Anne-Marie Stretter steht auf dem Grab geschrieben?

STIMME 2

Anna Maria Guardi. Ausgelöscht.
Ihr Grab auf dem englischen Friedhof . . .

STIMME 1 *(mit Mühe)*

Ja . . .

Schweigen.

Der Mann nähert sich dem netzbespannten Fenster, sieht durch die Netze hindurch die eingeschlafenen Körper.
Bleibt stehen, betrachtet sie, die Frau.
Die ›Stimmen‹ haben ihn noch immer nicht gesehen.

STIMME 1

Michael Richardson kam im Sommer nach S. Thala.

STIMME 2

Ja.
Sie kam nur selten dorthin . . .
In jenem Sommer . . .

Der magere Mann betrachtet noch immer den eingeschlafenen Körper Anne-Marie Stretters.
Leerer Blick. Erschreckend. Betrachtet jenen, von dem die Stimmen sprechen, kehrt wieder zu ihrem eingeschlafenen Körper zurück.
Die Stimmen haben ihn immer noch nicht gesehen.

STIMME 1

Engländer, Michael Richardson . . .?
Ja. *(Zeit; abgelesen:)* ›Michael Richardson hatte in Bengalen eine Ozeanversicherungsgesellschaft aufgezogen, um in Indien zu bleiben.‹

STIMME 1

In ihrer Nähe.

STIMME 2

Ja.

Der Mann entfernt sich. Man sieht ihn von hinten, wie er langsam die Allee zu den verödeten Tennisplätzen einschlägt.

STIMME 1

Der andere Mann, der da schläft?

STIMME 2

Auf Durchreise. Ein Freund der Stretters.
Sie gehört dem, der sie will.
Gibt sie dem, der sie nimmt.

STIMME 1 *(Zeit, Schmerz)*

Prostitution von Kalkutta.

STIMME 2

Ja.
Christin ohne Gott.
Ewiger Glanz.

STIMME 1 *(sehr leise)*

Liebe.

STIMME 2 *(mit Mühe)*

Ja . . .

Schweigen.

Der magere Mann steuert auf das rote, gegen die Gitter der verödeten Tennisplätze gelehnte Fahrrad zu.
Er ist von den Stimmen gesehen worden.
Sie setzen in der Angst sehr leise wieder ein.

STIMME 1

Er ist in den Park zurückgekommen . . .

STIMME 2

Ja . . . jede Nacht . . .
Betrachtet es . . .

Schweigen.

Der Mann zögert. Dann nähert er sich dem Fahrrad Anne-Marie Stretters.

STIMME 1

Hat nie mit ihr gesprochen . . .

STIMME 2

Niemals.
Nie näherte er sich einer . . .

Stockt.

STIMME 1

Der jungfräuliche Mann von Lahore . . .

STIMME 2

Ja . . .

Der Mann lehnt sich gegen das Fahrrad.
Streckt die Hände vor. Zögert.
Und dann berührt er es.

Streichelt es.
Beugt sich vor.
Umfängt es mit seinen beiden Armen.
Verharrt so gegen das Fahrrad der Anne-Marie Stretter gelehnt – erstarrt im Ausdruck des Begehrens.

Schweigen.

Unmerklich entsteht bei den eingeschlafenen Körpern eine Bewegung: Sie ist es.
Während er an das Fahrrad gelehnt ist, erhebt sie sich in gegenläufiger Richtung wieder. Im gleichen langsamen Rhythmus erhebt sie sich wieder und wendet sich zum Park.
Anne-Marie Stretter betrachtet den an ihr Fahrrad geklammerten weißgekleideten Mann.

Schweigen.

Jählings läßt der Mann das Fahrrad los. Verharrt, die Arme hängen am Körper herunter, die Hände geöffnet in einer Gebärde der Verzweiflung und der Leidenschaft.
Schluchzen eines Mannes (einziges direkt vernehmbares Geräusch).
Die Frau schaut immer noch hin, sitzt, die Hände flach auf dem Boden.
Das Schluchzen hört auf.
Der Mann erhebt sich wieder.
Er steht aufrecht dem Fahrrad gegenüber.
Und dann wendet er sich langsam um.
Sieht sie.
Die Frau rührt sich nicht.

Schweigen.

SIE SCHAUEN SICH AN.

DAS DAUERT EINIGE SEKUNDEN.

Schweigen.

Er ist derjenige, der den Blick senkt.

Er wendet zunächst sein Gesicht ab. Dann bewegt sich sein Körper.

Er entfernt sich.

Sie sitzt, betrachtet ihn, der sich entfernt.

Wenn er verschwunden ist, kehrt sie in einer sehr langsamen Bewegung zurück an den Platz unter dem Ventilator, wo sie eingeschlafen war.

Schweigen.

Reglosigkeit.

Fernes Schluchzen des Vizekonsuls.

Abermals Schweigen.

Im Garten wird das Licht wieder dunkler, wird bleifarben.

Kein Windhauch im verödeten Garten.

STIMME 2 *(Angst, sehr leise)*

DAS SCHLAGEN IHRES HERZENS MACHT MIR ANGST . . .

Schweigen.

Wieder eine Bewegung in der unbeweglichen Masse der drei eingeschlafenen Körper: es ist die Hand Michael Richardsons, die auf den eingeschlafenen Körper der Frau zukommt, ihn streichelt und dort liegenbleibt.

Michael Richardson schlief nicht.

Das Licht verdunkelt sich weiterhin.

Begehren, Erschrecken der ›Stimme‹ 2.

STIMME 2

Ihr Herz, Ihr so junges Kinderherz . . .

Keine Antwort.
Schweigen.

STIMME 2

Wo sind Sie?

Keine Antwort.
Schweigen.

Ferne Schreie: die des Vizekonsuls. Verzweiflungsschreie. Herzzerreißend, obszön.

STIMME 1 *(entfernt)*

Was schreit er?

STIMME 2

Ihren Namen aus Venedig
im verödeten Kalkutta.

Schweigen.

Die Schreie entfernen sich.
Sie verschwinden.

DIE ZWEITE STIMME berichtet in der Angst, ohne zu stokken das Verbrechen, das Verbrechen von Lahore:

STIMME 2 *(leise)*

›Er hat in Lahore geschossen. Von seinem Balkon in Lahore hat er eines Nachts auf die Leprakranken der Gärten von Shalimar geschossen.‹

Schweigen.

Wohlklang, ruhiger Wohlklang der STIMME EINS:

STIMME 1

Hielt's nicht aus.

STIMME 2

Nein.

STIMME 1

Hielt Indien nicht aus?

STIMME 2

Nein.

STIMME 1

Was an Indien?

STIMME 2

Die Vorstellung.

Schweigen.

Die Dunkelheit nimmt zu. Immer weniger unterscheidet man die Körper unter dem Ventilator, der sich fortwährend langsam mit Aufglitzern seiner Flügel dreht.
Man kann die einen nicht mehr von den anderen unterscheiden.

Schweigen.

STIMME 1

Ein schwarzer Lancia rast über die Landstraße von Chandernagor ...

Keine Antwort.

STIMME 1 *(beginnt wieder)*

... Das ist ... das erste Mal, daß sie ...

Stockt.

STIMME 2

Ja.
Im Ambulanzwagen zurückgebracht wird ...
Man sprach von einem Unfall ...

Zeit.

STIMME 1

Seitdem ... ist sie so mager geblieben ...

STIMME 2 *(mit Mühe)*

Ja.

Die *14. Variation* von Beethoven über ein Thema von Diabelli. Fern.

VOLLKOMMENES SCHWARZ

Dann, jenseits des Gartens, Lichtschein am Himmel, entweder Tageslicht oder Licht von einem Feuer – einem rostfarbenen Feuer.
Langsame Stimme – ausgesprochene Ruhe.

STIMME 1

Dieser Lichtschein . . . Da?

STIMME 2

Die Krematorien.

STIMME 1

Man verbrennt die Hungertoten?

STIMME 2

Ja.
Der Tag bricht an.

Schweigen.

Die *14. Variation* bis zum Ende des Lichtscheins über den Krematorien.

SCHWARZ

II

Wir befinden uns an dem gleichen Ort wie zuvor.
Einfach – als habe man die Sehachse geändert – ist die rechte Seite des Raumes freigelegt: da sind Türen zu den Empfangssalons offen. Diese Türen gehen auch auf den Park hinaus.
(Als ob die Salons sich in einer Allee der Botschaft befänden.)
Helles Licht überall. Angezündete Leuchter.
Venezianische Laternen im Park.
Stillschweigen.
Man könnte meinen, in der französischen Botschaft sei niemand.
Man sieht nichts von den Empfangssalons, außer dem Licht, das durch die Türen dringt und den Park erhellt.
Während einiger Sekunden leere Stätte.
Dann geht geräuschlos ein Diener vorbei. Er trägt ein Tablett mit Champagnerkelchen, durchquert den Raum, geht rechts ab.

Weiteres Stillschweigen, weitere Leere.
Erwartung.
DANN PLÖTZLICH LÄRM.
DER LÄRM DES EMPFANGS SETZT JÄHLINGS MIT ALLER KRAFT EIN. Die Soirée kommt wie von einem Mechanismus bewegt in Gang: dieser Lärm sollte mit einem Mal hinter den Mauern durch die offenen Türen losbrechen.
Die Lustige Witwe von einer Frau gesungen. Ein Klavier und zwei Geigen begleiten sie.
HINTER der Musik:
Lärm zahlreicher, miteinander verschmelzender Gespräche.
Gläser klirren, Teller scheppern, etc.
Man hört die Schritte der Tänzer nicht.
Kein Gespräch soll auf der Bühne stattfinden, noch gesehen werden. Nie werden die Schauspieler auf der Bühne sprechen.
Eine einzige Ausnahme von dieser Regel: das Schluchzen des französischen Vizekonsuls: es soll gesehen und gehört werden.
Wenn die hier aufgezeichneten Gespräche stattfinden, sollte der Lärm in der Empfangshalle leiser werden.
Wenn bestimmte Gespräche stattfinden, zum Beispiel das zwischen dem Jungen Attaché und Anne-Marie Stretter oder auch das zwischen dem französischen Vizekonsul in Lahore und Anne-Marie Stretter, wird der Lärm oft fast ganz aussetzen. Man kann annehmen, daß die Leute, neugierig geworden, anstatt zu sprechen IHNEN BEIM SPRECHEN ZUSEHEN WERDEN. Diese Entfernung vom Lärm der Empfangshalle wäre also nicht willkürlich.

Alle Unterhaltungen – seien sie privilegiert oder nicht – die den Lärm der Empfangshalle um sich her zum SCHWEIGEN bringen oder nicht, sollten den Eindruck erwecken, EINZIG UND ALLEIN VON DEN ZUSCHAUERN UND NICHT VON DEN ZUM EMPFANG GELADENEN GÄSTEN VERSTANDEN ZU WERDEN:

Ein – wenn auch sehr leichtes – Geräusch sollte also parallel zu diesen Gesprächen beibehalten werden. Die Tatsache, daß diese von ferne mit anderen Gesprächen einer anderen Tonart vermischt sind, sollte beweisen, daß diese privilegierten Gespräche gar nicht oder nur schlecht von den Gästen verstanden werden. Auch die Tatsache, daß von Zeit zu Zeit gewisse aufgeschnappte Bemerkungen IN EINER MEHR ODER WENIGER IRRIGEN FASSUNG BERICHTET WERDEN: das sind diese leichten IRRTÜMER, die am besten beweisen, daß NUR die Zuschauer die privilegierten Gespräche RICHTIG verstehen.

Der Lärm aus dem Empfangssaal sollte von der rechten Seite der Bühne her und aus dem Saal kommen, so als ob der Empfang auch hinter den Mauern des Saales stattfände.

Anne-Marie Stretter sollte ein schwarzes Kleid tragen – jenes, das sie auf dem Ball von S. Thala trug – jenes, das in ›*Le Ravissement de Lol. V. Stein*‹ beschrieben wird.

Die Männer sollten im schwarzen Smoking sein. Mit Ausnahme des französischen Vizekonsuls in Lahore, der einen weißen Smoking tragen sollte.

Die anderen Frauen auf dem Empfang sollten lange, farbige Kleider tragen.

Der Empfang sollte sich während seiner ganzen Dauer in

den Park AUSDEHNEN oder in jenen Ort, den wir schon kennen: in Anne-Marie Stretters Privatsalon.
Das Bild oder die Bühne sollte, was den Klang betrifft, die Rolle eines Resonanzkörpers spielen. Die Stimmen sollten durch diesen Raum hindurch mit derselben Tragweite bis zum Zuschauer gelangen wie seine Stimme ›der inneren Lektüre‹.
Die Ausstattung sollte wie ZUFÄLLIG erscheinen, herausgegriffen aus einem ›Genre‹ unzugänglicher Natur: die Empfangshalle.
Die Diktion im allgemeinen sollte von äußerster Genauigkeit sein. Sie sollte nicht UNBEDINGT NATÜRLICH erscheinen. Ein kleiner Fehler sollte während der Proben richtiggestellt werden: er sollte allen Stimmen GEMEINSAM sein.
Man sollte das Gefühl haben, etwas Berichtetes, das heißt: etwas SCHON GESPIELTES zu lesen. Dies also nennen wir: ›Stimme der inneren Lektüre‹.
Wir erinnern daran, daß auf der Bühne absolut kein Wort gesprochen wird.

Heure exquise wird von einer Frau gesungen. Dann vom Orchester wieder aufgenommen.
Ein Walzer tanzendes Paar durchquert eine Ecke des Parks.

Frauen sprechen (ziemlich nah):

– Das ist der letzte Empfang vor dem Monsun.

– Wie? Der Monsun hat noch nicht begonnen?

– Kaum. In vierzehn Tagen wird er mit aller Gewalt losbrechen. Niemals Sonne. Ein halbes Jahr lang ... Sie werden sehen ... Man schläft nicht mehr ... Man wartet auf die Gewitter ...

Ein indischer Diener geht vorbei –, begibt sich zur Rezeption.
Er trägt ein Tablett mit vollen Champagnerkelchen.
Zwei Paare kommen vorüber, sie tanzen Walzer. Langsam.

Sie verschwinden.

Frauen sprechen (weiter weg):

– Sie hat den französischen Vizekonsul von Lahore eingeladen . . .

– Ja. In der letzten Minute, sie hat ihm eine Karte geschickt: ›Kommen Sie.‹ Der Botschafter hat sie gewähren lassen.

Ein junger Mann kommt herein. Er bleibt stehen, schaut sich um. Offenbar kennt er diese Räume der Botschaft nicht. Er macht den Eindruck, müde zu sein, scheint dem Empfang entfliehen zu wollen. Er schaut zu den verödeten Tennisplätzen hin.

Während er schaut, durchquert ein Tänzerpaar eine Ecke des Parks, verschwindet.

Männer sprechen (von dem jungen Mann):

– Wer ist das?

– Der neue Attaché . . . Vor einem Monat angekommen . . . Er gewöhnt sich nicht ein.

– Es ist das erste Mal, daß man ihn hier sieht.

Zeit.

– Er wird wiederkommen. Man wird ihn einladen, er wird auf die Inseln gehen . . . Er, der Botschafter lädt auf die Inseln ein. Für sie, für seine Frau.

Zeit.

– Woraus schließen Sie, daß er auf die Inseln gehen wird?

Zeit.

– Dieser jammervolle Blick . . . Leute, die sich eingewöhnen, mag sie nicht . . .

– Gibt es solche?

– Manchmal . . .

– Die geschlossenen Gesellschaften in Indien, das ist das Geheimnis . . . nicht wahr?

– Ja.

Der Junge Attaché schaut sich weiter um.

Dann wendet er sich zum Ball, behält die Rezeption im Auge.

Und kehrt dorthin zurück.

Heure exquise endigt.

Ein Augenblick ohne Musik.

Nur der Lärm des Empfanges. Kein Gelächter. Eine Art allgemeine Niedergeschlagenheit.

Im Park gehen Frauen einher, spähen mit Neugier zum Salon der französischen Botschafterin. Sie fächeln sich mit großen weißen Fächern.

Sie sind vorübergegangen.

Ein Mann spricht (der Botschafter):

– Übrigens, wir würden Sie gern auf den Inseln willkommenheißen . . . meine Frau wird es Ihnen schon gesagt haben . . . Wissen Sie, es gibt zuweilen Neuankömmlinge, die man gerne näher kennenlernen möchte als andere . . . Die Gesetze, die in einer normalen Gesellschaft herrschen, gelten hier nicht . . . Wir sind nicht wählerisch . . .

(Lächeln in der Stimme) Würden Sie uns besuchen?

Die Residenz liegt gegen den Ozean hin, sie stammt aus der Kolonialzeit, man muß sie einfach gesehen haben. Und diese Inseln sind der Gesundheit zuträglich, besonders die große, die größte der Inseln des Deltas.

Schweigen.

Männer sprechen:

– Er schrieb, der Botschafter ... wußten Sie das? Ich habe einen kleinen Gedichtband von ihm gelesen ...

– Man hat mir davon erzählt ... Sie habe ihn entmutigt ...

Schweigen.

Ein Tango ist an die Stelle von *Heure exquise* getreten. Der Vizekonsul von Frankreich in Lahore hat den Park betreten. Er ist im weißen Smoking. Er ist allein. Scheinbar hat noch niemand seine Anwesenheit bemerkt.

Zwei Unterhaltungen zwischen Männern und Frauen (№ 1 und № 2):

№ 1

– Sie hätte uns diese peinliche Begegnung ersparen können ...

Zeit.

– Was hat er denn wirklich getan? Ich bin nie so recht auf dem Laufenden ...

– Das Schlimmste ... Aber wie soll man's sagen ...?

– Das Schlimmste ...?

Schweigen.

№ 2

– Diese Frau beunruhigt einen. Niemand weiß genau, mit was sie ihre Zeit zubringt ... Mit was? Mit irgendwas muß sie wohl beschäftigt sein ...?

– Sie wird lesen ... Was sollte sie schon anderes tun zwischen der Siesta und dem Spaziergang ...

– Aus Venedig kommen Bücherpakete auf ihren Namen ... Sie beschäftigt sich auch mit ihren Töchtern ... In der trockenen Jahreszeit spielen sie Tennis, sie gehen an den Büros vorbei, man sieht sie, alle drei in Weiß ...

Zeit.

– Daß man sich überhaupt fragt, was sie tut, das ist seltsam ...

Schweigen.

№ 1 *(des weiteren)*

– Hat er getötet?

– Er schoß des nachts auf die Gärten von Shalimar ... Wissen Sie das ...? Aber man hat auch eine Menge Kugeln in den Spiegeln seiner Amtswohnung in Lahore gefunden ...

– Er schoß auf sich selbst ... *(Leises Lachen.)*

Keine Antwort.

– Man kann die Leprakranken schwer von den übrigen unterscheiden ...

– Sehen Sie, Sie wissen Bescheid, Sie sprechen von den Leprakranken ...

Schweigen.

№ 2 *(des weiteren)*

– Frühmorgens fährt sie auch Fahrrad im Park.
Natürlich nicht während des Monsuns ...

№ 1 *(des weiteren)*

– Wie lautet die offizielle Version?

– Die Nerven haben versagt ... Häufig.

Zeit.

– Merkwürdig, dieser Mann zwingt Sie, an ihn zu denken ...

Michael Richardson ist hereingekommen. Er ist nicht im

Smoking. Er setzt sich. Er raucht eine Zigarette. Er schaut nicht zum Park hin.
Im Park der Vizekonsul: er schaut Michael Richardson an.
Zwei Frauen kommen von der rechten Seite, bleiben stehen. Sie haben Michael Richardson gesehen. Sie betrachten ihn mit Neugier.
Er sieht sie nicht.
Ein Diener erscheint mit Champagnerkelchen.
Er bietet Michael Richardson einen an. Verschwindet.
Der Tango, eher aus der Ferne, würde man sagen.
Michael Richardson erhebt sich, geht einige Schritte auf die Rezeption zu, betrachtet sie aus einiger Entfernung, dann kehrt er um:
sieht den Vizekonsul im Park.
Jetzt sehen die Frauen ihn auch und weichen einen Schritt zurück.

Frauen sprechen (leise):

– Sehen Sie . . . Michael Richardson . . .

Zeit.

– Ach ja . . . Er kommt nicht zu den Empfängen . . .?

– Nie, erst am Ende, gegen Mitternacht. Es bleiben einige Intime . . .

Zeit.

–Sagenhafte Geschichte . . . sagenhafte Liebe . . . Man sagt, er habe alles aufgegeben, um ihr zu folgen . . .

– Alles. Er war verlobt. Alles. In einer Nacht . . .

Schweigen.

Michael Richardson ist im Begriff, sich auf den Vizekonsul zu – auf den Eingang des Parks hin zu bewegen.
Der Vizekonsul wendet sich ab.

Michael Richardson bleibt stehen.
Die beiden Frauen folgen mit den Blicken.

Frauen sprechen (leise, Furcht):

– Sehen Sie im Park . . .

– Ach . . . das ist er?

– Ja.

– So mager . . . und dies Gesicht . . .
wie aufgepfropft . . . und so blaß . . .

Schweigen.

Michael Richardson wendet sich wieder zur Rezeption.
Die Frauen, die ihm mit den Blicken folgten, verschwinden.

Frauen (des weiteren):

– Kennen sich die beiden?

– Offenbar nicht . . .

Schweigen.

Der Vizekonsul betrachtet die Rezeption. Michael Richardson betrachtet wiederum ihn. Der Vizekonsul scheint ganz versunken, bemerkt ihn nicht.

Männer sprechen:

– Des nachts schoß er von seinem Balkon aus.

– Ja. Er schrie auch. Halb nackt.

– Was?

– Zusammenhanglose Worte. Er lachte.

Zeit.

– Keine Frau in Lahore sollte ihn näher gekannt haben, so daß sie etwas sagen könnte . . .?

– Keine. Niemals.

– Wie ist das möglich?

– In seine Amtswohnung ist nie jemand gekommen, in seine Amtswohnung in Lahore . . .

– Das ist ja erschreckend ... Diese Abstinenz ... Fürchterlich ...

Schweigen.

Michael Richardson wendet sich ab, zur Rezeption hin, versucht zu ergründen, was der Vizekonsul mit so viel Aufmerksamkeit betrachten mag.

Männer und Frauen sprechen:

– Haben Sie gehört? Der Botschafter hat zu dem Jungen Attaché gesagt: ›Die Leute meiden ihn, ich weiß ... er macht einem Angst ... aber Sie täten mir einen Gefallen, wenn Sie ein wenig mit ihm plaudern würden.‹

Zeit.

– Was weiß man über das Milieu? Über die Kindheit?

– Sein Vater kleiner Bankier in Neuilly. Einziges Kind. Seine Mutter soll den Vater verlassen haben. Zahllose Verweise wegen schlechten Betragens. Glänzende Studien, aber erst nach dem Gymnasium ... das ist alles ...

– Man weiß im Grunde nichts ...

– Nichts.

Zeit.

– Gäbe es nicht in einem jeden von uns ... wie soll ich sagen? ... eine winzige Möglichkeit, so zu sein wie er, um ... schließlich ... *(stockt)* ich stelle nur die Frage ... das ist alles ...

Keine Antwort.

Schweigen.

Ein Paar bewegt sich zum Park hin. Sie sehen den Vizekonsul. Verzichten darauf, weiter in den Park vorzudrin-

gen. Michael Richardson betrachtet sie. Sie zögern. Sie kehren um, kehren zur Rezeption zurück.
Der Vizekonsul betrachtet die Rezeption und lacht.
Frauen schreiten, sich fächelnd, in den Park.
Sie sehen den Vizekonsul nicht. Sie bleiben stehen und betrachten die Rezeption von weitem: irgendetwas verblüfft sie.

Frauen sprechen:

– Mit wem tanzt sie?

– Mit dem Botschafter.

– Wußten Sie, daß er sie einem Generalverwalter auf einem entlegenen Posten in Französisch-Indochina weggenommen hat? ... ich erinnere mich nicht mehr ... in Laos, glaube ich ...

– Savannakhet ...?

– Ja, das stimmt ...

– Erinnern Sie sich nicht?:

›... langsame Schaluppe mit Stores, langsam wieder den Mekong hinauf nach Savannakhet ... breites Hinfließen zwischen dem Urwald, grauen Reisfeldern ... und am Abend klebten Trauben von Moskitos an den Moskitonetzen ...‹

– Haben Sie ein Gedächtnis ... *(Leises Lachen.)*

Schweigen.

– Siebzehn Jahre schon streifen sie in Asien umher.

Schweigen.

Sie schauen alle zur Rezeption hin (auf den Botschafter, der mit seiner Frau tanzt).
Der Vizekonsul lacht still.

Männer sprechen:

– Hat er mit irgendjemand über Lahore gesprochen?
– Niemals.
– Und über etwas anderes?
– Ich glaube nicht ... Man schreibt ihm aus Frankreich. Eine alte Tante ... Die Briefe sind abgefangen worden ... Es scheint, daß ... er zum Direktor des europäischen Zirkels gesagt hat, er habe eine Erziehungsanstalt besucht ... mit fünfzehn Jahren ... im Norden ...
– Mit dem spricht der? Mit diesem Alkoholiker?
– Das heißt ... der andere schläft, also spricht er für sich allein ... *(Leises Lachen.)*
– Mit niemandem eigentlich ...
– So ist es ... *(Leises Lachen.)*
– Was hat er in Indien gefunden, das ihn derart hemmungslos werden ließ? Mußte er erst sehen, um ...? Wußte er nichts zuvor? Man erkundigt sich immerhin ...
Frauen sprechen:
– Für kurze Augenblicke sieht er fast glücklich aus. Sehen Sie ... Als würde er plötzlich überschnappen vor Glück ...

Zeit.

– Wenn sie tanzt vielleicht ...
– Was sagen Sie da ...?
– Ich kam soeben darauf ...

Schweigen.

– Wer hat von Bombay gesprochen?
– Er, und zwar mit dem Direktor des Zirkels. Er sah sich auf einem Photo am Ufer des Oman-Meeres auf einer Chaiselongue ... *(Leises Lachen.)*

Er möchte nicht mehr davon sprechen, scheint es.

Schweigen.

Der Junge Attaché betritt seinerseits den Park.
Er geht auf den französischen Vizekonsul zu, langsam, wie um ihn in Schach zu halten. Der Vizekonsul macht Anstalten zu entfliehen. Der Junge Attaché zögert, dann ergreift er seinen Arm. Der Vizekonsul sucht nicht mehr zu entfliehen.
Mit einer Gebärde fordert der Junge Attaché den Vizekonsul auf, ihm zu folgen.
Sie gehen zur Rezeption. Betreten die Halle. Michael Richardson hat sie gesehen – der einzige, der nicht zuschaut, wie Anne-Marie Stretter mit ihrem Ehemann tanzt.

Frauen sprechen:

– Haben Sie gesehen . . .?

Zeit.

– Ja, sie schaut er an . . .

Zeit.

– Meiner Meinung nach ist Bombay zu gefragt, man wird ihn woanders hinschicken . . .

Schweigen.

– Sagen Sie mir etwas über Madame Stretter.
– Einwandfrei. Gehen Sie hinter den Küchen entlang, da werden Sie große Bottiche mit frischem Wasser für die Bettler sehen . . .
Sie ist es, die . . .
– . . . Einwandfrei . . . *(Leises Lachen.)*
Nun ja . . .
– Zumindest sieht man nichts. Das wollen wir hier mit diesem Wort sagen.

Schweigen.

Mehrere Personen kommen aus dem Park, schauen zur Rezeption.
Frauen fächeln sich. (Nie sprechen die Leute, die man sieht, erinnern wir daran.)
In regelmäßigen Abständen kommen Diener vorbei.

Ein Mann und eine Frau sprechen:

– Man könnte sie für die Gefangenen eines Leidens halten. Aber ... eines sehr alten ... zu alt, um sie noch zu betrüben ...

Zeit.

– Dennoch weint sie ... Leute haben sie gesehen ... im Park ... manchmal ...

– Das Licht vielleicht, es ist so lästig ... und ihre Augen sind so hell ...

– Vielleicht ... Diese Anmut ... Sehen Sie nur ...

– Ja ...

– Furchterregend ... finden Sie nicht?

Schweigen.

Michael Richardson hat sich links im Raum hingesetzt. Er sieht aus, als warte er auf etwas. Er schaut nicht zur Rezeption hin. Man kann ihn gut sehen. Er ist sehr schön. Jünger als Anne-Marie Stretter: seine Menschenscheu ist offensichtlich.
Er raucht. Er ist voller Spannung, versunken.
Zwischen den Leuten, die den Vizekonsul in die Empfangshalle haben eintreten sehen oder nicht, finden mehrere Gespräche statt.

Frauen sprechen:

– Die Rosen kommen direkt aus Nepal ...

– Sie verteilt sie am Ende des Balls.

– *(Leise:)* Sehen Sie . . . da ist er . . .

Schweigen.

– Er bemerkt nicht, daß jeder ihn anschaut . . .
– Seine Augen sind kaum zu sehen . . .
– Das Gesicht ist wie erstorben . . . Finden Sie nicht? . . . er macht einem Angst . . .
– Ja. Das Lachen ist wie . . . aufgesetzt . . .
(Zeit.) Warum lacht er?
– Wer weiß?

Zeit.

– Wenn er ins Büro geht, pfeift er in den Gärten *India Song.*
– Was tut er?
– Akten ordnen . . . nichts . . .
man beschäftigt ihn eben . . .

Schweigen.

Männer sprechen:
– Es ist seltsam . . . die meisten Frauen in Indien haben sehr weiße Haut . . .
– Sie leben vor der Sonne geschützt.
Geschlossene Fensterläden . . . Eingesperrte . . .
– Und dann, sie tun nichts hier . . .
sie lassen sich bedienen.
– Ausgeruht, ja.

Schweigen.

– Wenn sie mit ihren Töchtern vorbeikommt, um zum Tennis zu gehen, schaue ich hin, ich gestehe es . . . In Shorts . . . ah . . . wie schön, Frauenbeine hierher . . . in dieses Grauen versetzt . . .
(Zeit, springt auf.) Ah . . . aber sehen Sie . . .

Schweigen.

Frauen sprechen:

– Das erste, was man sehen muß, sind diese Inseln ...

– Sind die schön ... Was würde hier aus einem werden ohne die Inseln?

– Wenn wir uns je nach Indien zurücksehnen sollten, so nach diesen Inseln im Indischen Ozean.

Schweigen.

Einzelne Frauenstimme:

– Die beste Hygiene während des Monsuns ... Kochend heißer grüner Tee ... wußten Sie? ... so machen's die Chinesen ...

Schweigen.

Frauen sprechen:

– Haben Sie gesehen? ... Der Junge Attaché spricht mit dem Vizekonsul von Lahore ...

Schweigen.

– Die Stimme ... hören Sie die ... tonlose Stimme ...

Schweigen.

FAST vollkommenes Schweigen. Jeder muß den Jungen Attaché und den Vizekonsul ansehen.

(Die Stimme des Vizekonsuls ist trocken, beinahe schrill. Die des Jungen Attaché dagegen ist wohlklingend; leise)

Der Junge Attaché (J. Attaché) und der Vizekonsul (V.Konsul) sprechen:

V.KONSUL: Es ist offenbar schwierig, aber was macht vor allem Ihnen zu schaffen?

J. ATTACHE: Die Hitze natürlich ... aber auch diese Monotonie ... dieses Licht ... keine Farbe ...

Ich weiß nicht, ob ich mich eingewöhnen werde ...

V.KONSUL: Was das anlangt?

J. ATTACHE: Das heißt ... Ich hatte keine bestimmte Vorstellung, als ich aus Frankreich abreiste ... aber Sie ...? vor Lahore ...? hätten Sie etwas anderes vorgezogen ...?

V.KONSUL: Nichts. Lahore war, was ich wollte.

Schweigen.

Dann India Song.

Ein Mann und eine Frau sprechen (leise):

– Haben Sie gehört?

– Schlecht. Ich habe verstanden: ›Lahore war, was ich mir wünschte ...‹

– Ich habe gehört:› ... was ich ... was ich ... hatte ...‹

– Was hat das zu bedeuten? Nichts ...

– *(Hintereinander:)* In dem Bericht heißt es, man habe ihn durch das Fenster seines Zimmers des nachts sowie am hellen Tag umhergehen sehen ... sprechen ... immer ... allein ...

– ... Des nachts sowie am hellen Tag ...

– Ja ...

Schweigen.

Man hört eine einzelne Männerstimme, mit stark englischem Akzent, die alle Stimmen übertönt.

Einzelne Stimme (George Crawn):

– Kommen Sie zur Bar. Ich bin ein alter Freund von Anne-Marie Stretter ...

Ich stelle mich vor: George Crawn ...

Gewöhnen Sie sich daran, sich selbst zu bedienen ... es ist niemand in der Bar ...

Einige Augenblicke Stimmengewirr (die Leute begeben sich zur Bar).

Einzelne Frauenstimme:

– Das hat er gesagt, um für Abwechslung zu sorgen ...

Das Stimmengewirr legt sich.

J. ATTACHE: Kommen Sie zur Bar.

(Zeit.) Was fürchten Sie?

Keine Antwort.

J. ATTACHE: Man sagt, Bombay würde Ihnen gefallen?

V.KONSUL: Man wird mich nicht in Kalkutta behalten?

J. ATTACHE: Nein.

V.KONSUL: In diesem Fall werde ich mich an die Konsulatsbehörden wenden. Man kann mich doch nicht hinschicken, wo man will!

J. ATTACHE: Bombay ist weniger bevölkert, das Klima ist besser, und die Nähe zum Meer ist auch ein Vorzug.

Schweigen.

Einzelne Männerstimme:

– Man könnte meinen, er höre nicht,
wenn man ihn anspricht.

J. ATTACHE: Was tun Sie? Kommen Sie ...

V.KONSUL: Ich höre *India Song.*

(Zeit.) Ich bin wegen *India Song* nach Indien gekommen.

Schweigen.

Anne-Marie Stretter erscheint zum ersten Mal (im II. Akt) auf der Bühne. Sie kommt von der Rezeption. Sie lächelt Michael Richardson zu. Er erhebt sich, sieht sie kommen. Lächelt ihr nicht zu. Niemand sieht die beiden. (Jeder beobachtet den Vizekonsul und den Jungen Attaché.) Auf sie hatte Michael Richardson gewartet.

Anne-Marie Stretter und Michael Richardson schauen sich an.

Er umfaßt sie.

Sie tanzen in einer Ecke des Zimmers, allein.

Man hört die ÖFFENTLICHE Stimme des Vizekonsuls.

V.KONSUL: Diese Melodie erfüllt mich mit Liebessehnsucht.

Ich habe niemals geliebt.

Keine Antwort.

Schweigen.

Dieser Satz des Vizekonsuls wird gesagt, während das Paar vor uns tanzt.

Das Paar verschwindet nach der linken Seite der Bühne.

Immer noch *India Song.*

V.KONSUL: Entschuldigen Sie mich.

Ich habe nicht um Einsicht in mein Dossier gebeten.

Aber Sie kennen es.

Was sagt man?

J. ATTACHE: Man sagt, daß Lahore ... Das, was Sie in Lahore getan haben ... Man kann das, was Sie in Lahore getan haben, nicht begreifen, wie man es auch nimmt ... niemand ...

V.KONSUL *(Zeit)*: Niemand?

Keine Antwort.

Schweigen.

Die Bettlerin erscheint im Park.
Sie verbirgt sich hinter einem Gebüsch.
Bleibt.

Männer sprechen:

– Er hat gesagt, daß es ihm nicht möglich war, das, was er in Lahore getan, auf überzeugende Weise zu erklären.

– . . . überzeugend . . .?

– Ich habe mir das Wort gemerkt.

Anne-Marie Stretter kommt von der linken Seite des Raumes zurück. Langsam. Sie bleibt stehen. Sie schaut in den Park: die beiden Frauen vom Ganges schauen sich an.
Die Bettlerin streckt ihren kahlen Kopf furchtlos vor, verbirgt sich abermals.
Anne-Marie Stretter entfernt sich mit ebenso langsamen Schritten.

Frauen sprechen:

– Sie geht allein auf die Inseln. Der Botschafter jagt in Nepal.

– Allein . . . endlich . . .

– Mit ihm, Michael Richardson. Und anderen . . .

– Man sagt, daß ihre Liebhaber Engländer sind, Fremde im Botschaftsmilieu . . . Es heißt, der Botschafter weiß . . .

– Wissen Sie, als er ihr begegnet ist, hoffte er darauf nicht mehr . . . er ist älter als sie . . .

Zeit.

– Jetzt verbindet sie eine Freundschaft, die jeder Probe standhält . . .

Schweigen.

Anne-Marie Stretter hat die Empfangshalle betreten.

India Song endet.

Der Vizekonsul kommt in den Park zurück.

Er befindet sich in nächster Nähe der Bettlerin. Die beiden sehen sich nicht.

Ein Blues wird gespielt.

Frauen und Männer sprechen:

– Das Protokoll verlangt, daß man die Botschafterin von Frankreich zum Tanz auffordert ...

– Sehen Sie ... Er hat den Jungen Attaché verlassen. Er ist in den Park zurückgekehrt ...

– Wieder einmal ... Seit Beginn der Soirée zieht er sich dorthin zurück ...

– Bereit zu fliehen, könnte man sagen.

– Und zur gleichen Zeit ...

Schweigen.

Der Vizekonsul verharrt reglos und starrt angestrengt auf die Empfangshalle.

Weiteres Gespräch:

– Was starrt er an?

– Die Botschafterin von Frankreich, die gerade mit dem Jungen Attaché tanzt.

Schweigen.

Der Junge Attaché und Anne-Marie Stretter kommen tanzend in den Raum. Sie begeben sich wieder in die Empfangshalle. Um sie herum entsteht alsbald Schweigen.

Frauen sprechen (leise):

– Haben Sie gehört? *(Zeit.)* Sie hat zu ihm gesagt: ›Ich möchte an Ihrer Stelle sein, zum ersten Mal in meinem Leben während des Sommermonsuns in Indien ankommen.‹ *(Zeit.)* Sie sind zu weit weg . . . Ich verstehe nichts mehr . . .

Unterhaltung zwischen Anne-Marie Stretter (A.-M. S.) und dem Jungen Attaché (Stimme Anne-Marie Stretters von wunderbarem Wohlklang):

A.-M. S. *(wiederholt absichtlich mit kleinem Fehler):* Ich möchte an Ihrer Stelle sein, zum ersten Mal in meinem Leben während der Regenzeit in Indien ankommen. *(Zeit.)* Langweilen Sie sich nicht? Was tun Sie? Am Abend? Am Sonntag?

J. ATTACHE: Ich lese. Ich schlafe . . . Ich weiß nicht genau . . .

A.-M. S. *(Zeit)*: Wissen Sie, die Langeweile ist eine sehr persönliche Angelegenheit; man weiß eigentlich nicht, was man da raten soll.

J. ATTACHE: Ich glaube mich nicht zu langweilen.

Zeit.

A.-M. S.: Und dann . . . *(stockt)* . . . das hat vielleicht gar nicht so viel zu bedeuten . . . Ich danke Ihnen für die Bücherpakete, Sie lassen sie mir sehr rasch vom Büro zugehen . . .

J. ATTACHE: Aber ich bitte Sie . . .

Schweigen.

Der Lärm um sie herum hebt allmählich leise wieder an.

Männer sprechen: während der Schweigezeiten des vorangegangenen Gesprächs:

– Diese Frau kann einen schon beunruhigen.

Diese Leserei . . . Diese schlaflosen Nächte in der Residenz am Delta . . .

– Wirklich, ja ... Was verbirgt sich hinter dieser Sanftheit ...?
– Das Lächeln ist fast immer herzzerreißend ...

Schweigen.

A.-M. S.: Wissen Sie, fast nichts ist ... ist möglich in Indien ... das kann man wohl sagen ...
J. ATTACHE *(sanft):* Wovon sprechen Sie?
A.-M. S.: Oh ... von nichts ... von dieser allgemeinen Entmutigung ... *(Lächeln in der Stimme).*
Männer und Frauen sprechen:
– Man sagt, daß sie manchmal schwere ... Krisen durchmacht ...
– *(leise)* Sie sprechen von ... der Reise nach Chandernagor, nicht wahr?
– Ja. Und auch von etwas anderem ...
manchmal schließt sie sich ein ...
Niemand bekommt sie zu sehen ...
– Außer ihm, Michael Richardson ...
– Ja, freilich ...
A.-M. S.: Es ist weder beschwerlich noch angenehm, in Indien zu leben, weder einfach noch schwierig. Es ist nichts ... sehen Sie ... nichts ...
J. ATTACHE *(Zeit)*: Sie wollen sagen, daß es unmöglich ist?
A.-M. S.: Das heißt ... *(Bewundernswerte Leichtigkeit der Stimme)* ... Vielleicht ... ja ... *(Lächeln in der Stimme).* Aber das wäre zweifellos eine grobe Vereinfachung ...
Männer und Frauen sprechen:
– Schon in Venedig gab sie Konzerte ...

Sie war eine Hoffnung der europäischen Musikwelt.
– Sie ist sehr jung aus Venedig weggegangen?
– Ja. Mit einem französischen Beamten, den sie Stretter zuliebe verlassen hat.

Schweigen.

J. ATTACHE: Man sagt, Sie sind Venezianerin?
A.-M. S.: Mein Vater war Franzose. Meine Mutter ja, ... sie war aus Venedig.

Schweigen.

Männer und Frauen (weiter):
– Sie spielt beinahe jeden Abend.
Ich meine, in der trockenen Jahreszeit. *(Zeit.)*
Während des Monsuns ist die Feuchtigkeit so groß, daß die Klaviere sich in einer Nacht verstimmen ...

Schweigen.

J. ATTACHE: Ich habe Sie das erste Mal für eine Engländerin gehalten.
A.-M. S.: Das kommt manchmal vor.

Zeit.

J. ATTACHE: Gibt es Leute, die sich nie eingewöhnen?
A.-M. S. *(langsam)*: Fast jeder gewöhnt sich ein.

Schweigen.

J. ATTACHE *(plötzlich, unvermittelt):* Der Vizekonsul von Frankreich in Lahore schaut sie an.

Keine Antwort.

J. ATTACHE: Er schaut Sie seit Beginn der Soirée an.

Keine Antwort.

J. ATTACHE: Haben Sie es nicht bemerkt?

Antwort vermieden.

A.-M. S.: Wo möchte er verwendet werden, wissen Sie es?

J. ATTACHE *(er weiß)*: Hier in Kalkutta.

A.-M. S.: Ach ...

J. ATTACHE: Ich hatte mir eingebildet, Sie wüßten es.

Keine Antwort.

Schweigen.

Vorübergehender Diener.

Die Tänze lösen einander ab: Blues, Tangos, Foxtrott.

A.-M. S.: Hat mein Mann mit Ihnen gesprochen? Wir würden Sie gerne auf die Inseln einladen.

J. ATTACHE *(Zeit)*: Ich werde mit Freuden kommen.

Schweigen.

Ein Mann und eine Frau sprechen:

– Wenn Sie genau hinhören, die Stimme hat einen italienischen Klang ...

Zeit.

– Das ist wahr ... das enthebt sie vielleicht der ... der Anwesenheitspflicht, ... diese fremdländische Herkunft?

– Vielleicht ...

A.-M. S.: Sie schreiben doch, oder?

J. ATTACHE *(Zeit)*: Ich glaubte schreiben zu können. Vorher. *(Zeit.)* Man hat es Ihnen erzählt?

A.-M. S.: Ja, aber ich hätte es zweifellos erraten ... *(Lächeln in der Stimme)*. An Ihrer Art zu schweigen ...

J. ATTACHE: Ich habe es aufgegeben. *(Zeit.)* Monsieur Stretter schrieb auch?

A.-M. S.: Es kam vor, ja. Und dann ... *(stockt)*

J. ATTACHE *(Zeit)*: Und Sie?

A.-M. S.: Ich habe es nie versucht . . .

J. ATTACHE *(deutlich)*: Sie finden, es ist nicht der Mühe wert, nicht wahr . . .?

A.-M. S. *(Lächeln)*: Das heißt . . .

(stockt) ja, wenn Sie so wollen . . .

Zeit.

J. ATTACHE: Sie machen Musik.

A.-M. S.: Manchmal. *(Zeit.)* Seit ein paar Jahren weniger . . .

J. ATTACHE *(zart, schon Liebe)*: Warum?

A.-M. S. *(langsam)*: Das ist schwer in Worte zu fassen . . .

Lange Zeit.

J. ATTACHE: Sagen Sie es mir.

A.-M. S.: Seit einiger Zeit . . . verbindet sich . . . für mich . . . mit der Musik . . . ein gewisser Schmerz . . .

Keine Antwort.

Schweigen.

Der Vizekonsul verläßt seinen Platz im Park und betritt die Empfangshalle. Die Leute, die unaufhörlich zwischen dem Park und der Rezeption hin- und hergehen, folgen ihm mit den Blicken.
Stimmengewirr. Einige dumpfe Ausrufe.
Dann eilen zwei oder drei Paare in den Park, als wenn sie vor dem Mann aus Lahore fliehen wollten.

Frauen sprechen:

– Was geht hier vor?

– Der Vizekonsul von Lahore hat die Frau des ersten

Sekretärs der spanischen Botschaft zum Tanz aufgefordert.

Zeit.

– Die Arme ... Aber wovor haben die Leute Angst?

– Das ist keine Angst ... das ist ...

eher ein Abscheu ..., aber ... ein unwiderstehlicher ... Nicht zu analysieren ...

Schweigen.

J. ATTACHE: Gebietet Ihnen die Etikette, mit ihm zu tanzen?

A.-M. S.: Mir gebietet keine Etikette, aber ... *(Lächeln in der Stimme).*

Zeit.

J. ATTACHE: Diese Nacht war er im Park. Bei den Tennisplätzen.

Antwort kommt langsam.

A.-M. S.: Er schläft schlecht, glaube ich.

Zeit.

J. ATTACHE: Er schaut Sie noch immer an.

Schweigen.

Einzelne Frauenstimme:

– Die arme Frau ... und dabei glaubt sie noch, sie sei verpflichtet, mit ihm zu reden ...

Schweigen.

J. ATTACHE: Der Abscheu ist ein Gefühl, das Sie nicht kennen?

Zeit.

A.-M. S.: Ich verstehe nicht ...

Wieso nicht kennen?

J. ATTACHE *(leise)*: Das Grauen ...

Keine Antwort.
Schweigen.

J. ATTACHE *(deutlich, sehr klar)*: Alle sprechen von der Lepra.

Schweigen.

Der Junge Attaché sprach während der Unterhaltung, die zwischen dem Vizekonsul und der Frau des spanischen Botschaftssekretärs (Spanierin) stattfindet.

Gespräch zwischen dem Vizekonsul und der Spanierin:

SPANIERIN *(Akzent)*: ... die Frau eines Sekretärs bei uns, die ist verrückt geworden, sie glaubt, sie habe sich angesteckt ... unmöglich, sie von diesem Wahn abzubringen ... man hat sie nach Madrid zurückschicken müssen ...

V.KONSUL: Hatte sie die Lepra?

SPANIERIN *(Staunen)*: Aber nein, was denken Sie? ... die Fälle sind sehr selten ... seit drei Jahren weiß ich nur von einem Balljungen auf den Tennisplätzen des Cercle ... das ganze Personal stattet Besuche ab, ... die Sache ist sehr ernst ... ich hätte Ihnen das nicht erzählen sollen ... ich weiß nicht, wie es gekommen ist ...

V.KONSUL: Aber ich habe keine Angst vor der Lepra.

SPANIERIN: Desto besser, weil ... bedenken Sie, es gibt Schlimmeres als das ... Singapur zum Beispiel ...

V.KONSUL *(schneidet ihr das Wort ab)*: Ich will mich anstecken. Haben Sie mich nicht verstanden?

Leises Stimmengewirr.
Dann Schweigen.

Eine Frau und ein Mann sprechen:
– Sie hat ihn während des Tanzes verlassen ... Was ist geschehen?
– Wahrscheinlich hat er ihr etwas gesagt, das ihr Angst gemacht hat ...

Schweigen.

Gäste verlassen den Park und begeben sich wieder in die Empfangshalle.
Die Bettlerin streckt ihren kahlen Kopf vor und blickt um sich. – Nachtvogel. Dann verbirgt sie sich abermals. Der Junge Attaché muß sie gesehen haben.

J. ATTACHE: Eine Bettlerin ist in den Park gekommen.

A.-M. S.: Ich weiß ... Jene, die singt, wissen Sie? Sie kommen wirklich in Kalkutta an ... Sie singt, scheint mir, ein Lied aus Savannakhet ... Das ist in Laos ... Sie beunruhigt uns ... Ich sage mir, ich muß mich täuschen, das ist nicht möglich, wir sind hier viele tausend Kilometer von Indochina entfernt ... Wie hätte sie das schaffen sollen?

J. ATTACHE *(Zeit)*: Ich habe sie in der Hauptstraße gehört, früh, am Morgen ... Es ist ein heiteres Lied.

A.-M. S.: Die Kinder singen es da unten ... Sie muß durch die Flußtäler hinuntergegangen sein. Aber wie hätte sie denn jemals die Gebirgskette des Kardamom überqueren sollen?

J. ATTACHE: Sie ist vollkommen verrückt.

A.-M. S.: Ja, aber sehen Sie ... sie lebt ... Manchmal kommt sie auf die Inseln. Wie? Weiß man nicht.

J. ATTACHE: Vielleicht folgt sie Ihnen? Folgt sie den Weißen?

A.-M. S.: Kann schon sein, die Nahrung.

Schweigen.

Gäste entfernen sich von der Rezeption. Leise Furcht.

Männer und Frauen sprechen:

– Wo ist er?

– An der Bar ... Er trinkt zuviel, dieser Mann. Es wird böse enden.

– Er hat etwas von ... etwas Unmögliches.

– So ist es ...

– Empfing ihn in Lahore auch niemand?

– Niemand.

– Er hat die Hölle durchgemacht in Lahore.

– Ohne Zweifel ... Aber wie diesen ... diesen Ekel überwinden ...?

Männer sprechen:

– Dieser Mann verkörpert die Wut.

– Gegen wen? Gegen was?

Keine Antwort.

Schweigen.

Frauen sprechen:

– Er hat den Tod über Lahore heraufbeschworen, das Feuer.

– Er trank vielleicht?

– Nein, nein ... Hier ist die Trunkenheit für uns alle gleich, man faselt vom Abreisen ... Nein, er war nicht betrunken ...

Zwei Frauen haben den Raum betreten. Ihnen ist warm, sie fächeln sich. Sie schauen sich um.

Ein Blues.

Die Frauen schauen zur Rezeption.

Plötzlich hören sie auf, sich zu fächeln: sie haben gerade etwas gesehen, was sie verblüfft.

Blues.

Einzelne Frauenstimme:

– So mußte es kommen. Sehen Sie ... Der Vizekonsul von Lahore geht auf Madame Stretter zu ...

Schweigen.

Männer sprechen:

– Ist es Ihnen schon aufgefallen? Die Weißen hier sprechen nur von sich selbst. Die Übrigen ...

Und dennoch ... mehren sich die Selbstmorde der Europäer mit den Hungersnöten ...

– ... unter denen sie nicht leiden ... *(leises Lachen.)*

– Nein ...

Schweigen.

Die beiden Frauen beobachten mit äußerster Neugier (wie der Vizekonsul auf Madame Stretter zugeht). Der Lärm der Empfangshalle verstummt für einige Sekunden fast gänzlich.

Dann hebt er leise wieder an. Durch Höflichkeit gedämpfte Ausrufe.

Frauen und Männer sprechen:

(Gespräch № 1 und № 2):

№1

– Haben Sie gesehen? Der Botschafter ...? Welche Geschicklichkeit ... er hat seiner Frau den Pflichttanz erspart ...

Schweigen.

– Wohin gehen die beiden?

– In den zweiten Salon ... Bedenken Sie, früher oder

später mußte der Botschafter dorthin kommen ... mit ihm sprechen ... dann ...

Schweigen.

№ 2

– Haben Sie gesehen? ... Welch bewundernswerte Geste ... jeder hat es gesehen.
– Wohin gehen sie?
– In den zweiten Salon *(Zeit).*
Man bringt ihnen Champagner ...

Schweigen.

№ 1

– Warum wartet er noch, um die Empfangshalle zu verlassen? Um so der Beschämung zuvorzukommen ...

№ 2

– Er hat zu dem Direktor des Cercle etwas gesagt, das mir nachgeht ...: ›Bei mir zu Hause in Neuilly steht in einem Salon ein großer, schwarzer geschlossener Flügel, ... auf dem Notenständer liegt *India Song*. Meine Mutter spielte *India Song*.
Ich hörte es bis in mein Zimmer.
Das Stück liegt seit ihrem Tod da ...‹
– Was befremdet Sie daran?
– Das Bild.

Schweigen.

Schweigen. Blues.
Madame Stretter und der Junge Attaché gehen durch die Gärten.

Unterhaltung zwischen dem Botschafter (Bot.) und dem Vizekonsul.

BOT.: Wenn ich recht verstanden habe, würden Sie

Bombay vorziehen? Aber Sie können in Bombay nicht denselben Posten besetzen wie in *(Zögern)* Lahore: Das ist noch zu früh ... Wenn Sie jedoch hier bleiben ... wird man vergessen ... Indien ist bei Lichte besehen von abgründiger Gleichgültigkeit ... Wenn Sie wollen, behalte ich Sie in Kalkutta ... Wollen Sie?

V.KONSUL: Ja.

Schweigen.

Zwei Frauen sprechen (leise):

– Er hat zu ihm gesagt, daß er sich an der Lepra anstecken möchte.

– Ein Verrückter ...

Schweigen.

BOT.: Wissen Sie, eine Karriere ist etwas Geheimnisvolles. Je mehr man sie anstrebt, desto weniger macht man sie ... Eine Karriere läßt sich nicht aufbauen. Man kann auf tausend Arten Vizekonsul von Frankreich sein ... Wenn Sie selbst Lahore vergessen, werden es auch die anderen vergessen ...

V.KONSUL *(Zeit)*: Ich vergesse Lahore nicht.

Schweigen.

Einzelne Männerstimme:

– Ein einziger Mensch besucht ihn.
Der Direktor des europäischen Cercle.
Ein Säufer.

BOT.: Machen Sie sich nichts aus Kalkutta? *(Keine Antwort.)* Es gibt Heilmittel gegen diese Nervosität, gegen das, was man so nennt, wissen Sie das?

V.KONSUL: Nein.

Schweigen.

Ein Mann und eine Frau sprechen (leise):
– Und über was sprechen sie?
– Von dieser Erziehungsanstalt in Arras.
Von der Kindheit. Und ... *(stockt).*
– Und ...?
– Von ihr ... der Botschafterin von Frankreich ...

Schweigen.

BOT.: Am Anfang stehen wir, alle, auch ich selbst, ich erinnere mich, vor der gleichen Schwierigkeit. Eins von beiden, man geht weg oder man bleibt. Wenn man bleibt, muß man eine Methode finden ... erfinden ... ja, Lahore zu ertragen ...

V.KONSUL: Ich fand sie nicht.

Schweigen.

Einzelne Frauenstimme (leise):
– Sie ist mit dem Jungen Attaché in die Gärten gegangen. *(Zeit.)* Ich sagte es Ihnen.

Schweigen.

BOT.: Hören Sie ... wägen Sie das Für und Wider gut ab ... wenn sie Ihrer ... nicht sicher sind, kehren Sie nach Paris zurück ...

V.KONSUL: Nein.

Schweigen.

BOT.: Aber dann ... wie sehen Sie die Zukunft?

V.KONSUL: Ich sehe nichts.

Schweigen.

Frauen sprechen (leise):
– Nach den Empfängen werden die Reste an die Hungernden von Kalkutta verteilt. Auf ihre Bitte hin. *(Leiser.)* Da kommt sie wieder ...

Schweigen.

– Ah, stimmt . . . der Garten ist voller Bettler . . . hinter den Küchen wimmelt es nur so . . .

– Den Wachen ist Order gegeben, sie einzulassen.

Schweigen.

Anne-Marie Stretter und der Junge Attaché kommen zurück (von der Linken). Sie steuern auf die Rezeption zu.

Der Blues ist zu Ende. Ein anderer Blues greift *India Song* auf.

Bevor sie die Rezeption erreichen, bleibt Anne-Marie Stretter unvermittelt stehen, der Junge Attaché gleichfalls. Sie warten.

Da taucht von der rechten Seite des Raumes der Mann aus Lahore auf. Er ist verwirrt, er geht auf sie zu. Bleibt stehen. Verbeugt sich vor ihr. Bleich.

Der Junge Attaché macht Anne-Marie Stretter ein Zeichen, als wolle er sie verhindern, anzunehmen.

Anne-Marie Stretter zögert zwar, willigt aber dann doch ein, mit dem Mann aus Lahore zu tanzen.

India Song klingt ferner. Alle Gespräche werden leiser, werden zu ausgedehntem Gemurmel. Fast völliges Schweigen.

Der Vizekonsul und Anne-Marie Stretter tanzen zunächst auf der Bühne.

Der Junge Attaché betrachtet sie.

Dann gehen sie zur Rezeption.

Der Junge Attaché geht ein Stück vor und folgt ihnen mit den Blicken.

Die Leute strömen in den Park zurück. Sie schauen alle zur Empfangshalle hin.

GESPRÄCH ZWISCHEN A.-M. S. UND DEM VIZEKONSUL, IN LEISEM, ABER SEHR HEFTIGEM TON, LANGSAM.

Langes Schweigen bevor die Unterhaltung beginnt.

V.KONSUL: Ich wußte nicht, daß es Sie gibt.

Keine Antwort.

V.KONSUL: Kalkutta ist für mich eine konkrete Hoffnung geworden.

Schweigen.

A.-M. S.: Ich liebe Michael Richardson, ich bin dieser Liebe verhaftet.

V.KONSUL: Das weiß ich.

Ich liebe Sie so, in dieser Liebe zu Michael Richardson.

Das kümmert mich gar nicht.

Keine Antwort.

V.KONSUL: Ich rede Unsinn. Hören Sie meine Stimme? Sie macht denen Angst.

A.-M. S.: Ja.

V.KONSUL: Woher kommt diese Angst?

Keine Antwort.

V.KONSUL: Ich habe in Lahore auf mich geschossen, ohne daran zu sterben.

Die anderen trennen mich von Lahore. Ich trenne mich nicht davon.

Ich bin Lahore. Verstehen Sie auch?

Zeit. Wohlklang.

A.-M. S.: Ja. Schreien Sie nicht.

V.KONSUL: Ja.

Schweigen.

V.KONSUL: Die Entscheidung Lahore geht uns beide

an. Ich weiß es. Sie sind in mir. Ich werde Sie mit mir nehmen. *(Kurzes, schreckliches Lachen.)* Und Sie werden mit mir auf die Leprakranken von Shalimar schießen. Trauen Sie sich das zu?

Schweigen.

V.KONSUL: Ich brauchte Sie nicht zum Tanz aufzufordern, um Sie kennenzulernen.
Und Sie wissen es.

A.-M. S.: Ich weiß es.

Zeit.

V.KONSUL: Es ist völlig unnütz, daß wir weitergehen, Sie und ich. *(Kurzes, schreckliches Lachen.)* Wir haben uns nichts zu sagen. Wir sind genau gleich.

Zeit.

A.-M. S.: Das glaube ich auch.

Zeit.

V.KONSUL: Die Liebesgeschichten erleben Sie mit andern. Wir brauchen so etwas nicht.

Schweigen.

Die Stimme des Vizekonsuls von Lahore geht in Schluchzen über, sie bricht sich, er ist ihrer nicht mehr Herr.

V.KONSUL: Ich wollte den Duft Ihrer Haare kennenlernen, das erklärt Ihnen, daß ich ... *(hält ein, schluchzt).*

Schweigen.

Die Stimme kehrt zurück, fast *normal.*

V.KONSUL: Nach dem Empfang bleiben Sie noch mit Freunden unter sich.
Ich möchte einmal bei Ihnen bleiben.

A.-M. S.: Sie haben keine Chance.

Zeit.

V.KONSUL: Man wird mich davonjagen.

A.-M. S.: Ja.
Sie sind jemand, den die einfach vergessen müssen.

Zeit.

V.KONSUL: Wie Lahore.

A.-M. S.: Ja.

Schweigen.

V.KONSUL: Was soll aus mir werden?

A.-M. S.: Sie werden weit entfernt von Kalkutta eingesetzt werden.

Zeit.

V.KONSUL: Das genau wünschen Sie sich.

A.-M. S.: Ja.

Zeit.

V.KONSUL: Gut.
Und wann wird das enden?

A.-M. S.: Mit Ihrem Tod, glaube ich.

Schweigen.

V.KONSUL *(herzzerreißend)*: Wo liegt das Übel?
Bei mir?

Zeit.

A.-M. S.: Das Einverständnis.

V.KONSUL *(schreckliches Lachen)*: Das Ihre?

Keine Antwort.
Schweigen.

V.KONSUL: Ich werde schreien. Ich werde sie bitten, daß sie mich heute Abend hierbehalten.

Zeit.

A.-M. S. *(Zeit)*: Machen Sie, was Sie wollen.

V.KONSUL: Damit sich irgendetwas ereignet zwischen Ihnen und mir.
Ein öffentlicher Zwischenfall.
Mir bleibt nichts übrig als zu schreien. Und damit sie wenigstens erfahren, daß man eine Liebe schreiend verkünden kann.

Keine Antwort.

V.KONSUL: Ich weiß, eine halbe Stunde lang werden sie sich unbehaglich fühlen. Und dann werden sie wieder zu reden beginnen.

Keine Antwort.

V.KONSUL: Ich weiß auch, daß Sie niemand sagen werden, daß Sie einverstanden waren.

Keine Antwort.
Schweigen.

India Song endet.
Heure exquise, gesungen, tritt an seine Stelle.
Der Himmel wird blaß.
Zwei Betrunkene kommen schwankend herein und lümmeln sich in den Sesseln.
Auf *Heure exquise,* mit dem Gesang vermischt, der erste Schrei des Vizekonsuls von Lahore.

SCHREI V.KONSUL: Behaltet mich hier!

Schweigen.

Dann Zurückweichen der Gäste in den Park. Die beiden betrunkenen Männer lachen. Die anderen sind erschreckt.

V.KONSUL: Ich bleibe heute Nacht hier, bei ihr, einmal bei ihr! Hört ihr?

Schweigen.

Einzelne Frauenstimme:

– Was für ein Unglück ...

Nur Stimme des Jungen Attaché:

– Sie sollten nach Hause gehen, ich versichere Ihnen, Sie haben zuviel getrunken ... kommen Sie ...

Immer noch *Heure exquise.*

Geheul des Vizekonsuls.

V.KONSUL: Ich bleibe! Ich bleibe in der französischen Botschaft!

Ich gehe auf die Inseln mit ihr!

Ich flehe Sie an. Ich flehe Sie an, behalten Sie mich hier!

Schweigen.

Einzelne Frauenstimme (Schmerz):

– Sie scheint gar nicht zuzuhören ...

Andere einzelne Frauenstimme (wie oben):

– Aber das ist ja schrecklich ...

Schweigen.

V.KONSUL *(geheult)*: Ein Mal! Ein einziges!

Ich habe immer nur sie geliebt!

Schweigen.

Einzelne Männerstimme, die sich an den Vizekonsul richtet:

– Sie müssen uns schon entschuldigen, aber Ihre Persönlichkeit interessiert uns nur, wenn Sie abwesend sind.

Schweigen.

Einzelne Frauenstimme:

– Welche Härte ... Wie schrecklich ... Welch Grauen ...

Schluchzen. Schluchzen des Vizekonsuls von Lahore. Nicht unterdrückt. Jede Würde wie weggefegt.
Alle entfernen sich plötzlich.

Einzelne Frauenstimme:

– Ich kann das nicht mit ansehen . . .

Der Vizekonsul erscheint. Er wird von Schluchzen geschüttelt.
Man sieht dieses Schluchzen und hört es.
Ein Mann, ein Unbekannter nimmt ihn am Arm und führt ihn zum Ausgang der Botschaft. Der Vizekonsul widersetzt sich nicht mehr, er läßt sich wegführen.
Sie verschwinden.
Alle folgen lange Zeit mit den Blicken.

Einzelne Frauenstimme:

– Er ist gegangen. *(Lange Zeit.)* Man schließt das Gitter.

In der Ferne dieselben Schreie: der Vizekonsul hat wieder angefangen zu schreien.

Einzelne Frauenstimme:

– Er lachte im Weinen. Haben Sie gesehen?

Schweigen.

Heure exquise ertönt bis zum Ende, während die Leute mit dem Rücken zur Rezeption verharren, um hinter dem Vizekonsul herzusehen.
Immer dies Geheul.

Einzelne Frauenstimme:

– Er versucht, das Gitter gewaltsam zu öffnen.

Schweigen.

Heure exquise endet.
Die Schreie entfernen sich.

Einzelne Stimme:
– Die Bettler haben Angst ...
Einzelne Stimme, die letzte:
– Er ist fort.
Weiteres Schweigen: Mehrere Sekunden dann:

SCHWARZ

Das SCHWARZ überflutet das Bild, während sehr fern die Gestalt der Bettlerin vorübergleitet.
Sie verschwindet.

Schweigen.

Dann plötzlich am Klavier die *14. Variation* von Beethoven über ein Thema von Diabelli.

SCHWARZ

III

BEMERKUNGEN ÜBER DIE STIMMEN 3 UND 4

Die Stimmen 3 und 4 sind Männerstimmen. Nichts verbindet sie als die Faszination, die die Geschichte der Liebenden vom Ganges auf sie ausübt, und wiederum besonders die der Anne-Marie Stretter.

Die Stimme 3 weiß beinahe nichts mehr von dem chronologischen Hergang der Geschichte. Sie befragt die Stimme 4, die ihr Auskunft erteilt.

Die Stimme 4 ist diejenige von allen Stimmen, die am wenigsten von der Geschichte vergessen hat. Sie kennt sie beinahe vollständig.

Aber die Stimme 3 ERKENNT alles, wenn sie auch fast alles vergessen hat, wieder, und zwar in dem Maße, wie ihr die Stimme 4 Auskunft erteilt. Die Stimme 4 BELEHRT sie über NICHTS, was sie nicht vorher gewußt hätte, denn auch sie kannte die Geschichte der Liebenden vom Ganges sehr gut.

Der Unterschied zwischen den Stimmen 3 und 4, zwischen dem Vergessen hier und dem Erinnern dort, hat die gleiche Ursache: die oben erwähnte Faszination, welche die Geschichte auf die beiden Stimmen ausübt. Die Stimme 3 hat diese Faszination zurückgewiesen. Die Stimme 4 hat sie geduldet.

Latent bei der einen, manifest bei der anderen, war die Geschichte der Liebenden vom Ganges IN den beiden Stimmen. In Erwartung des Überlebens oder des Wiedererstehens.

Der Unterschied – zwischen dem Erträglichen und dem Unerträglichen – sollte sich in der Sensibilität der Stimmen 3 und 4 wiederfinden. Nicht ohne Besorgnis erteilt die Stimme 4 der Stimme 3 Auskunft. Oft auch nicht ohne Zögern. Die Stimme 3 ist in der Tat der Gefahr nicht des Wahnsinns, wie die Stimme 1 – sondern des Leidens ausgesetzt.

Wir befinden uns am gleichen Ort der Botschaft wie vordem.
Sie sind zu fünft in der Dunkelheit, die sich langsam aufhellt:
Anne-Marie Stretter, Michael Richardson, der Junge Attaché, der Gast – Freund der Stretters – und George Crawn, der alte englische Freund.
Die betrunkenen Journalisten sind fortgegangen. Sie sind unter sich, in einer solchen Intimität, als wäre jeder unter ihnen für sich alleine. Sie sind durch die Ermüdung der Nacht getrennt.
Sie warten. Sie sitzen in Sesseln, in ziemlichen Abständen voneinander – mit Ausnahme Anne-Marie Stretters und Michael Richardsons, die nah beieinander sitzen – und zwar so, daß keine Unterhaltung zwischen ihnen stattfinden könnte.

Der Junge Attaché und der Gast der Stretters sehen niedergeschlagen aus – auch wegen der Zwischenfälle der Nacht.
Man weiß nicht, auf was sie warten: vielleicht auf den Tag, um auf die Inseln zu gehen. Wahrscheinlich.
Man vernimmt ständig die *14. Variation* von Beethoven über das Thema von Diabelli. Das Getöse von Kalkutta nimmt durch die Musik hindurch in dem Maße zu, wie das Licht stärker wird.
Anne-Marie Stretter hat den Kopf seitlich auf die Lehne eines Sessels gelegt. Man könnte meinen, sie sei eingeschlafen, wenn ihre Augen nicht offenstünden.
Michael Richardson ist nah bei ihr, halb liegend auf einem niedrigen Sessel.
Der Junge Attaché sitzt aufrecht da. Er raucht. Er sieht aus, als horche er auf das Getöse von Kalkutta, durch das hindurch man allmählich die Schreie wiedererkennt, die letzten an die Liebe des Vizekonsuls von Lahore gerichteten Aufschreie. Der Junge Attaché erträgt diese Schreie offenbar schwer. Die anderen ertragen sie.
Der Gast der Stretters betrachtet im Stehen diese Leute: diese Leute aus Indien, die er zu kennen glaubte, die er jedoch nach der Nacht in der Empfangshalle nicht mehr wiederzuerkennen scheint. Auch er horcht auf die Schreie des Vizekonsuls.
George Crawn lauscht der Musik Beethovens, davon völlig in Anspruch genommen: der Musik.

STIMME 4

Einige waren, wie nach den Empfängen üblich, geblieben.

Zeit.

STIMME 3 *(leise)*

Bei ihr . . . er . . .? Michael Richardson?

STIMME 4

Ja.

STIMME 3 *(Zögern)*

Hat man etwas gewußt?

STIMME 4 *(Zögern)*

Nach ihrem Tod hat er Indien verlassen.

Schweigen.

STIMME 4 *(fährt fort)*

Der da steht, der Junge Attaché.

STIMME 3

Der alte Engländer?

STIMME 4

George Crawn. Er hatte sie in Peking kennengelernt.

Zeit.

STIMME 3

Und der, der sie alle betrachtet?

STIMME 4

Irgendein Durchreisender. Gast der Stretters.

Schweigen.

STIMME 3

Ist das nicht der französische Vizekonsul, der da schreit?

STIMME 4

Ja. Immer noch.

Schweigen.

STIMME 4

1938 verliert man seine Spur. *(Zeit.)*

Er scheidet aus dem diplomatischen Korps aus.
Das Dossier endet mit seiner Abdankung.

Zeit.

STIMME 3 *(Zögern)*

Sehr bald danach . . .

STIMME 4

Einige Tage.

Schweigen. Schreie.

STIMME 3

Was schreit er?

STIMME 4

Ihren Namen.

Zeit.

STIMME 3 *(langsam)*

Anna Maria Guardi.

STIMME 4

Ja. Die ganze Nacht über hat er in Kalkutta diesen Namen geschrien.

Schweigen.

Die Frauenstimmen (des 1. Aktes) setzen ihrerseits ein. Auch sie sprechen vom Vizekonsul.

STIMME 2 *(wie entkräftet)*

Er geht den Ganges entlang.
Er fällt über die eingeschlafenen Leprakranken.
Auch auf der anderen Seite des Ganges wird geschrien.

Zeit.

STIMME 1

Ja.

Schweigen.

STIMME 2

Sehen Sie ihn?

STIMME 1 *(weit weg)*

Ja. Ich betrachte ihn.
Ich sehe ihn.

Schweigen.

STIMME 2 *(Langsamkeit)*

Er sucht? . . . Er geht aufs Geratewohl? . . . Ins Ungewisse . . .?

Keine Antwort.

STIMME 2

Sucht er etwas, das er verloren hat?

Keine Antwort.

STIMME 2

Etwas allen Gemeinsames, das auch er verloren hätte?

Keine Antwort.

STIMME 2

Ihre Liebe?

STIMME 1

Die Liebe. Ja.

Schweigen.

STIMME 2 *(Klage, Begehren)*

Sie sind so weit fort . . . weit von mir . . .

Keine Antwort.
Schweigen.

Ein Diener geht vorbei mit einem Tablett, auf dem Gläser, Aschenbecher, etc. gestapelt sind. Er geht zwischen ihnen hindurch, als sähe er sie nicht.
Lichtschein am Himmel: die Krematorien.

STIMME 1 *(Langsamkeit)*

Der Tag bricht an.

Schweigen.

STIMME 1 *(sehr langsam)*

Der Tag beginnt hier, ringsum.
Und dort unten.
Die Luft riecht nach Schlamm. Und nach Lepra. Und nach Feuer.

STIMME 2

Kein Windhauch.

STIMME 1

Nein. Sehr langsame Bewegungen, von Geruchsschwaden, die sich sehr langsam verschieben.

Schweigen.

STIMME 2

Wer macht da Musik?

STIMME 1

Niemand.

Schweigen.

Die Männerstimmen mischen sich unter die Frauenstimmen.

STIMME 3

Dieser Lichtschein.

STIMME 4

Der Tag.
Die erste Umzäunung ist die der Lepra und der Hunde. Sie liegen am Ufer des Ganges unter den Bäumen. Kraftlos. Schmerzlos.

STIMME 3

Die Hungertoten?

STIMME 4

Weiter weg im Dunst des Nordens: das ist die letzte Umzäunung.

Zeit.

STIMME 4

Der Tag. Die Sonne.

Zeit.

STIMME 3

Dieses Licht. Schrecklich.

Schweigen.

STIMME 1

Dieses Licht. Der Verbannung.

STIMME 2

Schläft sie?

STIMME 1

Welche?

STIMME 2

Die Weiße?

STIMME 1

Nein. Sie ruht.

Schweigen.

STIMME 2 *(Klage)*

Wie zerstreut Sie sind. Vollkommen abwesend.

Keine Antwort.

Schweigen.

Michael Richardson wendet den Kopf langsam zu Anne-Marie Stretter hin. Er betrachtet sie.

STIMME 3 *(Schrecken)*

Plötzlich Stimmen in unserer Nähe . . .?

Hören Sie . . .?

STIMME 4 *(Zeit)*

Nein . . .

STIMME 3

Sehr junge . . . Frauenstimmen . . .?

STIMME 4 *(Zeit)*

Ich höre nichts. *(Zeit.)* Es herrscht Schweigen.

Schweigen.

STIMME 4

Er schaut sie an.

STIMME 3

Ja.
Sie ist zerstreut. Vollkommen abwesend.

Schweigen.

STIMME 4 *(ganzer Satz)*

Man sagte, eines Tages würde man sie beide wiederfinden, miteinander gestorben in einem Bordell in Kalkutta, das sie zuweilen während des Monsuns aufsuchten.

Schweigen.

STIMME 3

Kein Windhauch. Die Hitze ist rostfarben.
Darüber Rauchschwaden.

STIMME 4

Die Fabriken. Die mittlere Umzäunung.

Schweigen.

Sehr langsam hat Anne-Marie Stretter den Kopf zu Michael Richardson gewendet. Sie schauen sich an.

STIMME 3

Dieser schwebende Kontinent . . .?

STIMME 4

Der Monsun.
Darunter Bengalen.

STIMME 3

Weiter weg ... weiter unten ... unter dem Himmel ...? Schauen Sie ...

Keine Antwort.

STIMME 3

In einer Windung des Ganges, dieses Weiß ...?
da unten ...?

STIMME 4 *(Zögern)*

Der englische Friedhof.

Schweigen.

Der Unbekannte und der Junge Attaché beginnen Anne-Marie Stretter zu betrachten.

STIMME 1

Ist sie leprakrank?

STIMME 2

Welche?

STIMME 1

Die Bettlerin.

STIMME 2

Sie schläft in der Lepra und jeden Morgen ... nein ... *(Zeit.)* Nein.

Schweigen.

STIMME 1

Ist die Weiße krank?

STIMME 2

Ein blinder Alarm vor zehn Jahren. Nicht mehr. *(Zeit.)* Hören Sie ...

Maschinen-, Wassergeräusche.

STIMME 1

Die Rasensprenger des englischen Viertels.

Schweigen.

Die Männer wenden ihre Blicke von Anne-Marie Stretter ab und betrachten den Boden.

Die Stätte erhellt sich nach und nach.

STIMME 1

Ein Auto rast über die geraden Straßen.
Am Ufer des Ganges.

STIMME 2

Schwarz?

STIMME 1

Ja.

STIMME 2

Sie sind unterwegs zu den Inseln.

Schweigen.

Die Krematorien sind erloschen. Der Tag ist angebrochen.

Fahl.

Sie liegen immer noch da, in der gleichen Todespose, während die Stimme die Reise beschreibt.

STIMME 4

Der schwarze Lancia der französischen Botschaft hat die Straße zum Delta eingeschlagen.

Langes Schweigen.

STIMME 3 *(wie auswendig gelernt)*

Kornkammer Nordindiens ...
Scheidepunkt der Gewässer. Das Delta.

STIMME 4

So ist es . . . aus ihrer Mischung. Süßwasser, Salz.

STIMME 3

Nach der Sintflut, vor dem Licht . . .

Zeit.

STIMME 3

Diese Binsen?

STIMME 4

Der Reis.
Sie fließen zum Koromandel.

Zeit.

STIMME 3

Diese dunklen Flecken auf den Böschungen . . .

STIMME 4

Die Leute.
Die größte Bevölkerungsdichte auf dem Erdball.

Schweigen.

STIMME 3

Diese schwarzen Spiegel ohne Zahl . . .?

STIMME 4

Das indische Reisfeld.

Schweigen.

STIMME 4

Sie schlafen.
Sie schmiegt sich an ihn.

Schweigen.

STIMME 3

Wachte sie spät auf während des Monsuns?

STIMME 4

Ja. Ging erst nach Anbruch der Nacht aus.

Schweigen.

STIMME 3

Der schwarze Lancia hält.

STIMME 4

Der Regen. Die Straßen sind abgeschnitten.

Sie hatten sich in einer Sala untergestellt. *(Wie abgelesen.)* Dort hatte der Junge Attaché gesagt: ›Vor dem Weggehen habe ich den Vizekonsul wieder gesehen. Er schrie noch in den Straßen herum. Er hat mich gefragt, ob ich auf die Inseln ginge. Ich sagte nein, ich ginge mit dem Botschafter nach Nepal.‹

Zeit.

STIMME 3

Sie war einverstanden mit der Lüge des Jungen Attaché?

STIMME 4

Sie hat sich fast nie über den Mann aus Lahore geäußert.

Schweigen.

STIMME 3

Diese grüne Farbe? . . . sie wird stärker . . .

STIMME 4

Der Ozean.

Schweigen.

SCHWARZ

Die Stimmen sprechen in dem Schwarz.

STIMME 4

Die Inseln.

STIMME 3

Welche ist es?

STIMME 4

Die größte: die Insel in der Mitte. Sie sind da.

Schweigen.

STIMME 3

Dieses große weiße Gebäude . . .?

STIMME 4

Das *Prince of Wales*. Internationales Grand-Hotel.
Das Meer ist aufgewühlt.
Es war ein Gewitter.

ENDE DES SCHWARZ

IV

Wir sind immer noch am gleichen Ort. Er wird zu einem Salon des *Prince of Wales.*
Sie sind nicht da?
Ein klares grünes Licht ersetzt das des Monsuns.
Zwei Diener in weißen Handschuhen sind im Begriff, die grünen Tüllvorhänge vor den netzbespannten Fenstern herabzulassen. Man erkennt den Park nicht wieder. Er FLACKERTE AUF in einem grünen heftigen Licht: der Garten des *Prince of Wales.*
Einige Baumgruppen sind alles, was von dem Park aus Kalkutta bleibt.
Das Geräusch des Meeres breitet sich aus, nimmt von Sekunde zu Sekunde zu, überflutet die ganze Stätte. Dann beruhigt es sich.
Wind kommt herein, bringt die Vorhänge zum Klatschen.

In der Ferne Sirenen von Schaluppen.
Vogelgezwitscher, nah.
Der Ventilator ist da, er dreht sich mit derselben alptraumhaften Geschwindigkeit.
In der Ferne Lärm eines Dancing: ein Orchester spielt *India Song*.
Die hörbaren Ereignisse folgen aufeinander zum Beispiel in der folgenden Reihe:
1) Der Wind.
2) Geräusch des Meeres.
3) Sirenen von Schaluppen.
4) Vogelgezwitscher.
5) Dancing.
Während die beiden Diener die grünen Stores herablassen, und die Ausstattung des *Prince of Wales* besorgen, sprechen die Stimmen 3 und 4 miteinander.

Die Stimme 4 soll sich selbst gleich bleiben.

Die Stimme 3 soll sich ändern, wenn sich die Geschichte ihrem Ende nähert. Sie soll hier eindringlicher, dort im Gegenteil langsamer im Fragen sein. Wenn sie von Anne-Marie Stretter spricht wird sie leiser, und kleine Pausen entstehen zwischen den Worten, den Sätzen.

STIMME 4

Vor uns die Anlegekais. Diese Dampfboote ſahren die Linien des Südpazifik ab.

Dahinter liegt das Vergnügungsviertel des Hafens.

Schweigen.

STIMME 3

Durch den Palmenhain derselbe flache Horizont.

STIMME 4

Die Inseln sind Schwemmland, aus dem Schlamm des Ganges entstanden.

STIMME 3

Wo liegt die französische Residenz?

STIMME 4

Auf der anderen Seite des Hotels, zur offenen See.

Die Diener gehen hinaus. Sie haben die Ausstattung des *Prince of Wales* ›beendet‹. Nach ihrem Weggang vernimmt man aus der Ferne das Dancing.
Man spielt *India Song.*

STIMME 4

Um diese Stunde begann man im *Prince of Wales* an allen Tischen zu trinken.
Auf den Desserttellern Trauben aus Frankreich.
In den Vitrinen Parfums.
Die Rosen kommen jeden Tag aus Nepal.

STIMME 3

Wer wohnt in diesem Hotel?

STIMME 4

Weiß-Indien.

Schweigen.

STIMME 3 *(fast geschrien)*

Dieser Todesgeruch plötzlich?

STIMME 4

Weihrauch.

Schweigen.

STIMME 3

Nach ihrer Ankunft wollte sie Baden gehen?

STIMME 4

Ja. Es war spät, und das Meer war aufgewühlt, es war unmöglich zu schwimmen, man konnte nur eine lauwarme Dusche von den Wellen bekommen. Sie ist mit ihm zum Baden gegangen.

Schweigen.

STIMME 3 *(Furcht)*

Dieses Gitterwerk überall im Meer?

STIMME 4

Gegen die Haifische des Deltas.

STIMME 3

Ah ja . . .

Schweigen.

STIMME 3

Wo ist sie?

STIMME 4

Sie wird kommen.

Schweigen.

STIMME 4

Sie kommt.

STIMME 3 *(Zögern; leiser, langsamer)*

War sie an jenem Abend auch so . . .?

STIMME 4 *(Zeit)*

Lächelnd.
Weißgekleidet.

Schweigen.

Die beiden vorigen Sätze sollten als erschreckend empfunden werden: das Lächeln der Anne-Marie Stretter, das Weiß ihres Kleides.
Dann, im grünen Licht, erscheint Anne-Marie Stretter.
Tatsächlich, lächelnd, weißgekleidet.
Sie betrachtet das Meer gegenüber dem Garten.

Die vier Männer kommen ihrerseits, weißgekleidet, aus verschiedenen Räumen des Hotels hervor.
Sie gehen alle auf den Garten zu, betrachten das Meer.
Michael Richardson wendet sich um und betrachtet Anne-Marie Stretter mit Beharrlichkeit.
Sie sieht ihn nicht mehr an.
In der Ferne eine englisch sprechende Stimme aus dem Lautsprecher.

ENGLISCHE STIMME

To-night, the last boat is at seven.

STIMME 4

Man gibt den Touristen zu verstehen, daß die Schaluppen um sieben Uhr den Verkehr einstellen. Es sind Gewitter zu befürchten.

Schiffssirenen. Dann Stille.

STIMME 4

Die letzte Schaluppe ist gerade angekommen.
Die mit den Lebensmitteln.

Schweigen.

Ein Maître d'hôtel verbeugt sich vor den fünf Gästen. Ihre Speisen sind angerichtet. Sie gehen links von der Bühne ab. Immer diese ferne Musik vom Flughafen.

STIMME 4 *(Zeit)*

Ihre Speisen sind angerichtet. Das Essen hier ist ausgezeichnet.
Michael Richardson sagte, daß, wenn man das *Prince of Wales* kennengelert habe, man es hinterher überall in der Welt vermissen würde. – Wo man auch immer hinkäme.

Schweigen.

STIMME 3 *(leise)*

Ich weiß nicht mehr genau ... Sie geht nicht in die französische Residenz?

STIMME 4

Sie ging nur zum Schlafen dorthin.

Sie aß im *Prince of Wales,* wenn sie auf die Inseln kam. *(Zögern.)*

Sie hatte darum gebeten, daß die Diener der französischen Residenz nach Kalkutta zurückgeschickt würden.

Zeit.

Furcht.

STIMME 3 *(leise)*

Wie lange ist das her?

STIMME 4

Einige Wochen.

Starke, fast unerträgliche Vogelschreie.

STIMME 3

Diese Vögel ... Tausende.

STIMME 4

Gefangene der Inseln. Sie konnten wegen der Gewitter die Küste nicht wieder erreichen.

STIMME 3

Man könnte meinen, sie seien im Hotel ...

STIMME 4

Sie sind in den Mangobäumen. Sie fressen das Fruchtfleisch. Mit dem Tag fliegen sie wieder davon.

Vogelgekreisch herrscht vor.

Schweigen.

STIMME 3

Man tanzt am anderen Ende der Halle.

STIMME 4

Touristen aus Ceylon.

Schweigen.

STIMME 4

Bei Tisch ... bat sie, man möchte die Stores hochziehen. Sie will das Meer sehen, den Himmel über den Mündungen. Sie sprechen sehr wenig, sie sind sehr ermüdet von der vorigen Nacht.

Schweigen.

STIMME 3

Sie ißt kaum etwas.

STIMME 4

Kaum. Sie schaut nach draußen.

STIMME 3

Ich erinnere mich ... Eine Nebelmauer rückt gegen die Insel vor ...

STIMME 4

Ja. Sie sagt irgendetwas über Venedig.
(Angestrengtes Nachdenken.) Über Venedig, den Winter ... ja ... das ist's ...

Zeit.

STIMME 3

Venedig ...

STIMME 4

Ja. Vielleicht, daß an manchen Winterabenden in Venedig ein gleicher Nebel ...

STIMME 3

... sie nennt den Namen von ... *(stockt)* einer Farbe ...

STIMME 4

. . . violett. Die des Nebels im Delta . . .

Schweigen.

Hinter den grünen Buchten des Hotels erscheint verstört, erschöpft, mit entstelltem Gesicht noch in seinem weißen Smoking – der französische Vizekonsul von Lahore. Er geht durch den Garten des *Prince of Wales,* sucht, verschwindet.

Verschwindet.

Erscheint alsbald wieder in dem (zur Halle des *Prince of Wales* gewordenen) Raum, geht ein paar Schritte nach vorn, schaut zur Linken, bleibt unvermittelt stehen.

Er hat sie gesehen.

Bleibt da, um sie anzuschauen.

STIMME 3

Er ist mit der letzten Schaluppe gekommen.

STIMME 4

Ja, ja. Der um sieben Uhr.

Zeit.

Er ist nach der Tagesreise nicht nach Hause gegangen. *(Zeit.)* Er ist niemals nach Kalkutta zurückgekommen.

Schweigen.

Die Melodie von *India Song* wird einige Sekunden sehr laut gespielt, dann klingt sie ab.

STIMME 3

India Song . . .

STIMME 4

Ja.

Schweigen.

STIMME 4

Mit dem Nebel hat sich der Wind gelegt.

Schweigen.

Touristen gehen im Garten hinter den grünen Buchten umher.

Man unterscheidet Frauen, die sich mit weißen Fächern fächeln. Helle Farben ihrer Kleider.

STIMME 4

Sie sprechen von der Bettlerin.

Keine Antwort.

Schweigen.

STIMME 4

George Crawn und der Gast der Stretters sprechen von der Bettlerin.

Schweigen.

Erste Version: Man hört aus einiger Entfernung die Unterhaltung zwischen George Crawn und dem Gast der Stretters.

(Sehr obenhin, alltäglich.)

GEORGE CRAWN: Sie kann kein Wort hindustanisch.

GAST: Nicht eins. Wenn sie aus Savannakhet kommt, hat sie Laos, Kambodscha, Siam, Burma überqueren, und dort wahrscheinlich anfangen müssen, in das Tal von Irraouddi ... Mandalay, Prom, ... Bassein ... hinabzusteigen.

GEORGE CRAWN: Es dürfte sich nicht, wie wir uns vorzustellen belieben, um eine einzige Wanderung gehandelt haben, sondern um Hunderte, Tausende von Tagesreisen ... von denen jede die letzte war ... Der Hunger, der weiter und immer weiter treibt, ...

Sie mußte den Straßen folgen, den Schienen, den Barken ... aber, das ist seltsam, in Richtung der untergehenden Sonne ...

GAST: ... Sie marschierte wenn der Abend gekommen war, das Licht vor sich ... Sie ist kahl ... Der Hunger, glauben Sie?

GEORGE CRAWN: Ja.

Zeit.

GEORGE CRAWN: Manchmal kommt sie auf die Inseln. Sie muß den Weißen folgen: die Nahrung ... In Kalkutta lebt sie an den Ufern des Ganges unter den Bäumen. Sie erhebt sich des Abends und läuft durch das englische Viertel. Es scheint, daß sie des nachts in den Löchern des Ganges jagt.

Zeit.

GAST: Was bleibt übrig von ihr in Kalkutta? Nur sehr wenig ... Dies Lied von Savannakhet, dies Lachen ... die Muttersprache ist zwar intakt, findet aber keinerlei Anwendung. Der Wahnsinn war schon da, als sie ankam ... zu fortgeschritten bereits ...

Zeit.

GEORGE CRAWN: Warum Kalkutta?
Warum stellt sie die Wanderung da ein?

GAST: Vielleicht will sie da zugrunde gehn. Sie hat immer versucht, sich zugrunde zu richten, eigentlich seit Beginn ihres Lebens ...

Zeit.

GEORGE CRAWN: Auch sie ...

GAST: Ja ...

Schweigen.

Zweite Version: Die Stimmen 3 und 4 berichten über die Unterhaltung, die zwischen George Crawn und dem Gast der Stretters stattfindet. (Die Stimme 4 lauscht.)

STIMME 4

Sie haben sie gesehen.
Sie mußte das Delta auf dem Dach eines Lastwagens überqueren. Sie ist als blinder Passagier mit der letzten Schaluppe angelangt.
Sie sind ihr an der Lagune begegnet, ein paar hundert Schritte von der französischen Residenz entfernt.

Zeit.

STIMME 3

Sie mußte Anne-Marie Stretter folgen . . .

STIMME 4

Der Gast sagt, daß sie ihm bis zum Portal folgte.
Daß sie ihm Furcht eingeflößt hat.
Er hat gesagt: ›Das unaufhörliche Lächeln macht einem Angst.‹

STIMME 3

Daher . . .

STIMME 4

Ja. *(Zeit.)* Erinnern Sie sich . . .?
Der erste Versuch . . . *(hält inne)* in Savannakhet vor einem toten Kind . . .

STIMME 3

. . . von seiner Mutter verkauft, eine Bettlerin aus dem Norden . . . sehr jung . . .?

STIMME 4

Ja . . . Siebzehn Jahre . . . *(Zeit.)*
Einige Tage vor der Ankunft der Stretters.

Schweigen.

Jählings wendet der Vizekonsul sich nach rechts, verschwindet: er hat sie alle gesehen.

Da sind sie:

Sie kommen vom Diner zurück, es sind nur noch drei: Anne-Marie Stretter, Michael Richardson, der Junge Attaché.

Sie durchqueren den Salon des *Prince of Wales*.

Sie gehen durch das Hauptportal in den Garten.

Im Garten trennen sie sich.

Anne-Marie Stretter zieht sich in den Hintergrund nach rechts zurück.

Die anderen gehen weiter durch den ganzen Garten, verschwinden.

Der Vizekonsul von Lahore beginnt Anne-Marie Stretter nachzulaufen.

Unvermittelt bleibt er stehen.

Sie ist gleichfalls stehengeblieben.

Sie schaut sich um, sieht das Meer, die Palmen.

Sie hat den Vizekonsul nicht gesehen.

STIMME 4

Sie hat sofort nach dem Diner zur Residenz zurückkehren wollen. *(Zeit.)* Über den Strand.

Schweigen.

STIMME 4

Die beiden anderen waren zu einem Spaziergang am Meer aufgebrochen ...

Schweigen.

STIMME 4

Der Junge Attaché und Michael Richardson hatten den Palmenhain durchquert, durch den man ebenfalls zur französischen Residenz gelangen konnte.

Zeit.

STIMME 4

Die Hitze war wieder so wie in Kalkutta.

Anne-Marie Stretter entfernt sich langsam.
Hinter ihr der Vizekonsul. Er folgt ihr.
Sie verschwinden.

SCHWARZ

Während des Schwarz die *14. Variation* Beethoven–Diabelli in der Ferne.

DAS SCHWARZ HELLT SICH AUF.

V

Der gleiche – zur französischen Residenz gewordene – Ort.

Das Licht ist ein anderes. Es sieht aus, als komme es von draußen. Es ist blau, mondfarben.

Ständig der Ventilator. Er dreht sich noch immer.

Der Park ist verschwunden. Der Garten des *Prince of Wales* gleichfalls.

Alles ist kahl. Eine Allee. Zum Abschluß ein weißes Gitter. Ringsum Leere, ohne Hintergrund, ohne Ende. Es tönt dumpf: das Meer.

Nach einer gewissen Zeit treten Michael Richardson und der Junge Attaché durch das weiße Gitter ein.

In einer gleichlaufenden Bewegung kommt sie (von der linken Seite der Residenz).

Sie ist barfuß. Ihre Haare sind aufgelöst. Sie trägt den kurzen Morgenrock aus schwarzer Baumwolle.

Sie begegnet ihnen in der Allee.
Sie gehen aufeinander zu.
Treffen sich im Halbschatten.
Sie betrachten das Meer.

STIMME 4

Sie soll gesagt haben, sie sei in Sorge um George Crawn und den Gast. Das Meer war heftig bewegt.

Von ferne Geräusch eines Kanus. Sie verfolgen mit den Blicken irgend etwas (auf dem Meer).

STIMME 4

Man hat sie beruhigen können. *(Zeit.)* George Crawn und der Gast sind in das *Prince of Wales* zurückgekommen, sie haben die beiden in der Residenz nicht angetroffen.

Schweigen.

Langsam kehren sie zurück. Betreten die Residenz.

STIMME 3 *(Zeit, Belastung)*

An jenem Abend hat sie nichts gesagt, was einen hätte vermuten lassen können, daß ... *(stockt)*

STIMME 4

Nichts.

Schreckliche Spannung. Aber nichts durchbricht die Ruhe der Todesbezauberung.
Michael Richardson geht auf das Klavier zu.
Sie verläßt den Raum.
Die beiden Männer bleiben allein. Sie sehen sich an.
Ferne, draußen am Ende der Allee gleitet der weiße Schatten des französischen Vizekonsuls von Lahore an dem offengebliebenen Gitter vorüber.
Sie sehen ihn nicht.

Da ist sie: sie kommt zurück.
Sie bringt Gläser und Champagner. Sie lächelt ihnen zu.
Sie stellt den Champagner und die Gläser auf einen niedrigen Tisch. Serviert den Champagner.
Schenkt ihnen ein.
Sie trinken.
Sie setzt sich auf ein Sofa.
Immer das starre Lächeln auf dem Gesicht der Anne-Marie Stretter.
Von draußen schaut der Vizekonsul herein.
Michael Richardson spielt.
Er spielt die *14. Variation* Beethoven–Diabelli.
Reglosigkeit.
Plötzlich Bersten der Reglosigkeit.
Der Junge Attaché geht auf Anne-Marie Stretter zu, umfängt sie, gleitet zu ihren Füßen herab, verharrt so, die Arme um ihre Beine geschlungen.
Verharrt so an sie geschmiegt.
Sie läßt es geschehen.
Streichelt ihr Haar.
Stetes Lächeln. Starr.
Er erhebt sich. Umfängt ihren unter dem Morgenrock nackten Körper. Flehentliche Gebärde. Vergebens.
Sie umarmen sich. Lange.
Michael Richardson sieht ihnen zu. Er spielt Klavier, er betrachtet sie. Sein Gesicht ist identisch mit dem, das wir kennen.
Draußen der weiße Schatten von Lahore mit verschlingendem Blick.
Der Junge Attaché läßt Anne-Marie Stretter mit einem

Ruck los, er entfernt sich von ihr, geht schwankend zum Klavier, stützt sich darauf, das Gesicht zwischen seinen Händen.
Ständig Musik von Beethoven: Michael Richardson hört nicht auf zu spielen.
Reglosigkeit. Ringsherum die Musik.
Der Junge Attaché bleibt mit dem Ellenbogen aufs Klavier gestützt reglos in derselben Pose der Verzweiflung.
Zum letzten Mal ist eine der Frauenstimmen zu hören:

STIMME 2 *(Erschrecken)*

Wo sind Sie? *(Warten, keine Antwort.)*
Sie sind so weit fort . . . ich habe Angst . . .

Von der Stimme 1 keine Antwort mehr.
Schweigen.
Anne-Marie Stretter schaut nach außen, zum Meer hin.
Keinerlei Überraschung in ihrem Blick, als sie des Vizekonsuls von Lahore ansichtig wird.
Er seinerseits rührt sich nicht, versucht nicht, sich zu verbergen. Unablässig schaut er sie an.
Sie wendet sich ab und setzt ihren Körper dem Ventilator aus. Ihr entblößter Körper kann möglicherweise von allen gesehen werden.
Auch von dem Vizekonsul von Lahore: dieser bereits von ihr getrennte Körper.
Verharrt so reglos unter dem Ventilator.
Schweigen.

STIMME 3 *(leise, fast gemurmelt)*

Hat Michael Richardson sie diesen Abend alleingelassen?

STIMME 4 *(Zögern)*

Es war unter den Liebenden vereinbart, sich einander Handlungsfreiheit zu lassen, wenn der eine oder andere es für geraten hielte, eines Tages ... *(stockt)*

Schweigen.

STIMME 3 *(Leiden, Schrecken)*

Er weiß nicht, das ist nicht möglich ...

Keine Antwort.

STIMME 3

Was weiß er?

STIMME 4 *(Zeit)*

Seitdem die Dienerschaft aus der Residenz weggeschickt wurde, lebte Michael Richardson in ständiger Erwartung dieses Schicksalstages.

Schweigen.

Anne-Marie Stretter hat sich unter dem Ventilator ausgestreckt.
Mit geschlossenen Augen.
Michael Richardson und der Junge Attaché reißen sich langsam von dem Ort los, so als wären sie verpflichtet, sie auf ihren eigenen Befehl hin dort allein zu lassen.
Sie überqueren den leeren Platz (den Park). Schatten.
Der Vizekonsul ist da. Er verbirgt sich nicht, als sie an ihm vorüber kommen.
Sie ihrerseits sehen ihn nicht, wie es scheint.
Sie verschwinden.
Anne-Marie Stretter und der Vizekonsul von Lahore bleiben allein in der französischen Residenz.
Schweigen.
Sie erhebt sich wieder, geht hinaus, wandert langsam auf

dem leeren Platz umher, geht an das weiße Gitter.
Sie sieht nichts, scheint es. Sie sieht den Vizekonsul von Lahore nicht.
Und dieser macht nicht die geringste Anstalt, sich ihr zu nähern.

STIMME 3 *(mit Mühe hervorgebracht)*

Er als einziger hat gesehen . . .?

STIMME 4

Er hat nichts gesagt.

STIMME 3 *(mit Mühe hervorgebracht)*

. . . nichts verhindert . . .?

Keine Antwort.

STIMME 4

Der Junge Attaché ist im Laufe der Nacht in die Residenz zurückgekommen. Er hat sie gesehen.
Sie lag der Länge nach in der Allee, mit dem Ellbogen auf den Boden gestützt.
Er hat gesagt: ›Sie hat ihren Arm ausgestreckt und sie hat ihr Gesicht auf ihren Arm gelegt. Der Vizekonsul von Lahore saß zehn Meter von ihr entfernt. Sie haben nicht miteinander gesprochen.‹

Schweigen.

Was eben erzählt wurde, ist das, was Anne-Marie Stretter tut. Sie legt ihr Gesicht auf ihren Arm. Bleibt da.
Der Vizekonsul betrachtet sie wie angewurzelt aus der Entfernung, die ihn von ihr trennt.

STIMME 4

Sie muß lange da liegengeblieben sein, bis zum Tagesbeginn – und dann muß sie die Allee eingeschlagen haben ... *(stockt)*. Am Strand hat man den Morgenrock wiedergefunden.

Schweigen.

Der Ventilator steht still.
Nach dem Anhalten des Ventilators bleibt man noch einige Sekunden.

SCHWARZ

ALLGEMEINE BEMERKUNGEN

Die Namen der Städte, der Flüsse, der Staaten, der Meere Indiens haben hier vor allem einen musikalischen Wert.
Alle Bezugnahmen auf die physische, menschliche, politische Geographie von *India Song* sind falsch:
So kann man zum Beispiel nicht an einem Nachmittag von Kalkutta mit dem Auto an die Mündung des Ganges noch auch nach Nepal fahren.
Ebenso befindet sich das Hotel *Prince of Wales* nicht auf einer Insel des Deltas, sondern in Colombo.
Weiterhin ist New Delhi die Verwaltungshauptstadt Indiens und nicht Kalkutta.
Etc.

Die in dieser Geschichte heraufbeschworenen Personen wurden aus dem Buch *Le Vice-consul* herausgenommen und in neue erzählerische Bereiche projiziert. Es ist also nicht mehr möglich, sie in das Buch zurückkehren zu lassen und *India Song* als eine kinematographische oder theatralische Adaption des *Vice-consul* zu lesen. Wenn auch eine Episode dieses Buches hier fast vollständig übernommen wurde, verändert ihre Einflechtung in die neue Geschichte dessen Lektüre und Vision.

In Wirklichkeit geht *India Song* aus *La Femme du Gange* hervor. Wäre *La Femme du Gange* nicht geschrieben worden, wäre es *India Song* auch nicht.

Die Tatsache, daß *India Song* eine unerforschte Region des *Vice-consul* durchdringt und entschleiert, wäre kein hinreichender Grund zu seiner Niederschrift gewesen.

Es war vielmehr die in *La Femme du Gange* gemachte Entdeckung der Entschleierungs- und Erforschungs*methode*: die außerhalb des Berichtes stehenden Stimmen. Diese Entdeckung hat ermöglicht, den Bericht im Vergessen schwanken zu lassen, um ihn anderen Gedächtnissen als dem des Autors zur Verfügung zu stellen. Gedächtnisse, die sich ebensogut an irgendeine andere Liebesgeschichte *erinnern könnten*. Entstellende, schöpferische Gedächtnisse. Gewisse Stimmen aus *La Femme du Gange* sind hierher versetzt worden. Ebenso Aussprüche von ihnen.

Ungefähr soviel kann man dazu sagen.

Die *India Song* genannte Melodie existiert unseres Wissens noch nicht. Wenn sie komponiert wird, soll sie bei allen Aufführungen von *India Song* Verwendung finden.

ZUSAMMENFASSUNG

Diese Zusammenfassung ist das einzige, was für die Aufführung von India Song *Gültigkeit hat.*

Es ist die Geschichte einer im Indien der 30er Jahre in einer übervölkerten Stadt am Ufer des Ganges erlebten Liebe.
Zwei Tage dieser Geschichte werden hier heraufbeschworen. Sie spielt in der Jahreszeit des Sommermonsuns.
STIMMEN – ohne Gesicht – vier an der Zahl (Stimmen von zwei jungen Frauen einerseits und Stimmen zweier Männer andererseits) sprechen von dieser Geschichte.
Die STIMMEN richten sich nicht an den Zuschauer oder an den Leser. Sie sind von vollkommener Eigenständigkeit. *Sie sprechen untereinander. Sie wissen nicht, daß man Ihnen zuhört.*
Die Stimmen müssen die Geschichte dieser Liebe vor langer Zeit gekannt oder gelesen haben. Einige erinnern sich

besser daran als andere. Aber keine erinnert sich ganz und gar und keine hat sie vollständig vergessen.
Man weiß keinen Augenblick lang, *wer diese* STIMMEN *sind*. Dennoch lassen sie sich weniger an ihrer Identität erkennen, als einzig und allein an ihrer jeweiligen Art, vergessen zu haben oder sich zu erinnern.
Die Geschichte ist eine Liebesgeschichte, die auf dem Höhepunkt der Leidenschaft erstarrt ist. Um sie herum eine andere Geschichte, die des Grauens – Hungersnot und Lepra in der stinkenden Feuchte des Monsuns – auch sie in einem täglichen Paroxysmus erstarrt.
Die Frau, Anne-Marie Stretter, Ehefrau eines französischen Botschafters in Indien, bereits gestorben – ihr Grab liegt auf dem englischen Friedhof von Kalkutta –, ist gleichsam eine Ausgeburt dieses Grauens.
Inmitten dieses Grauens behauptet sie sich mit einer Anmut, in der alles in einem unerschöpflichen Schweigen verkommt. Eine Anmut, die die STIMMEN genau *wieder zu sehen* versuchen, eine poröse und gefährliche Anmut, gefährlich auch für gewisse Stimmen.
Neben dieser Frau in derselben Stadt ein Mann, der Vizekonsul von Frankreich in Lahore, der in Kalkutta unliebsam geworden ist. Dieser reagiert auf das indische Grauen mit Zorn und Mord.
Es findet ein Empfang in der französischen Botschaft statt – während dessen der verrufene Vizekonsul seine Liebe zu Anne-Marie Stretter schreiend bekennt. Und das im Beisein Weiß-Indiens.
Nach dem Empfang begibt sie sich über die geraden Wege des Deltas auf die Inseln der Mündung.

 / SATZ: MASCHINENSETZEREI PETER VON MAIKOWSKI, BERLIN / DRUCK: ORANIENDRUCK, BERLIN / BINDUNG: BRINKMANN & BOSE, BERLIN / SCHRIFT: BORGIS SABON-ANTIQUA / ERSTE AUFLAGE 3000 EXEMPLARE / ISBN 3-922660-16-9

Von Marguerite Duras sind im gleichen Verlag ›Der Mann im Flur‹ und ›Zerstören, sagt sie‹ erschienen.